简仪至简

落寞有迹
繁华可寻

唐文魏／著

南方日报出版社
NANFANG DAILY PRESS
中国·广州

图书在版编目（CIP）数据

简仪至简 ：落寞有迹　繁华可寻 / 唐文魏著. --广州 ：南方日报出版社，2019.11

ISBN 978-7-5491-2073-4

Ⅰ. ①简…　Ⅱ. ①唐…　Ⅲ. ①诗集－中国－当代Ⅳ. ①I227

中国版本图书馆 CIP 数据核字(2019)第 229253 号

JIANYI ZHIJIAN

简仪至简——落寞有迹　繁华可寻

著　　者：唐文魏
出版发行：南方日报出版社
地　　址：广州市广州大道中 289 号
出 版 人：周山丹
责任编辑：李　沁
责任技编：王　兰
责任校对：裴晓倩
封面设计：邓晓童
经　　销：全国新华书店
印　　刷：广州市尚铭印刷有限公司
开　　本：889mm×1194mm　1/32
印　　张：9.875
字　　数：45 千字
版　　次：2019 年 11 月第 1 版
印　　次：2019 年 11 月第 1 次印刷
定　　价：38.00 元

投稿热线：（020）87360640　　读者热线：（020）87363865

自序　写在开篇的闲言碎语

每个人都有自己的坚守，但是值得费心费神的地方却很有限。生活中无论是工作还是娱乐，节奏上我都不想弄得太紧迫，喜欢从容不迫按计划来做的感觉。需要说明的一点是，写一本书，是计划，写了十多年，却不是计划。我是个散淡随性的人，除了工作，少有应酬，大部分时间都是宅在书房里无意乱翻书，这本书里的内容是碎碎念一篇一篇攒出来的，结集成书的事也算是应了那句无心插柳吧。

我是心中的世界很大，脚下的世界很小的那种人，关于这本书，我想说的不是很多，毕竟书里的内容不传道不解惑，只是纯粹的各种情绪碎屑的感想和记录。如果读者朋友从书里读出了属于自己的感受，那么我想，你一定是个有故事的人。

曾经我一直认为，每个人都有一个独特的形态，后来我认识到自己错了。人是分群的，一群人一个特征，任你怎么努力，在没有实现有效的突破之前，群体性的特征都会很明显。群体之间特征的差距就是各种欲望之间的距离，唯一没有区别的，是对各种情感的体验。我不抽烟不喝酒，很多时候遇到不开心的事，不会抽烟解闷喝酒解愁，遇到开心的事也不会抽烟遐思喝酒庆祝。这几年经历了一些事情，也见了很多人，越来越觉得为人处事终究还是要初心不改。一个人的心思难得单纯，很多时候无法正确面对自己，尤其是面对各种诱惑的时候，绷不住的人太多太多，稍微一犹豫就会忘记自己坚持的是什么。

每个人都活在自己的一方天地里，受限于个人认知的不同，有人看见黑白世界，有人看见五彩世界，有人看见斑斓世界。生活中人情大过事，人跟人之间聊正事的时候少，闲扯的时候多，动情的话，都用开玩笑的方式说完了。我把自己关心的人和事看得很重，因为不愿意油腔滑调，又不愿意乱开玩笑，所以我把一腔心思都写在了书里。

是为序。

个人简介

姓　　名：唐文魏

籍　　贯：河南·西华

目录

Contents

壹

都已远去

前边的路越来越宽
目标也愈来愈清晰
安安稳稳的生活元素
正在慢慢地聚集
而远走他乡的情怀
却在渐渐远离
再睁眼
回首这缤纷的世界
一夜之间
不留恋的
都已远去

夜啊，沁凉而又漫长

夕阳未落，心已惆怅
正是青春年少时
春梦羞涩，羞涩又惝恍
心上的人啊，天上，水中央

驻足眺望又眺望
襟袂霓裳
可思不得见，心有伤
姑娘在远方啊
心有所向
饮一杯水酒啊
表尽衷肠
梦啊，在美不在长
魂啊，随风飘荡

水边，山上，风尽花落处
有一处子有一殇
诗经女，古战场
夜夜荒凉，梦梦长
苍茫不可问啊，情思渺茫
芳草萋萋啊，岁月悠长
离离放声断人肠
是谁的歌喉啊
能把我的心声吟唱

芳香，还有几多残留

冰冷的雨水凄迷而过
坚强的依旧耸立
脆弱的生无着落
多情的流水想要隔夜而走
却不知
那沁人的芳香还有几多残留

我在用我的一生
把那美丽的风景
悄悄地寻求
然而，温柔总遭不测
爱情烂进我手

冷漠喧嚣几分咆哮
谁能回答我
没有被污染过的心灵
究竟还有多少

为了留住那圣洁的爱情
我甘愿放弃我的自由
如果，还有卑鄙敢于逼迫我的灵魂
那么
我愿用我的所有幸福
换尽这人世的孤独

不是我不爱这世俗的生活
只是我不明白
这人间的真情
究竟
还有多少可供我们挥霍

重踏云巅

今宵了梦无春痕
彼此心映太虚观
天涯已陌路
何时再相见

话语不曾多说
情分难以表完
每个人都说的永远
到底有多远

每一首情歌
都有讲不完的故事
每一个故事
都有道不完的人生离合悲欢

偷瞄你的成熟
忘情你的迷恋
小小的姑娘
大大的心愿
无碍的人生
爱恨自由的梦幻

梦里有你有我
漫步云月的夜晚
唱着情歌
逐浪海边
再走一遍山水
重踏一次云巅

书上写着

随着时间慢慢地流转
所有的人和事都已改变
你看到的我
已不是翩翩少年
我眼中的你
也已容颜变换
所谓成熟世界的到来
意味着
沧桑事已过

面对自己的困境
人群里最多的表现
是手足无措
被逼着指了一个方向后
走到突围处才终于看到
对自己不负责任时
命运给出的选择——
玻璃门上落着锁
返回原处继续耗着

为了每天
能够多一点收获
好人坏人都在用力地活着
只是每个人口中的坚持
最后
我看见也没剩下几个

有的人啊，越活越无耻
越老越堕落
看不惯的
接受了
听不懂的
点头了
最后
终于分不清
什么时候是我跟你
什么时候我是我

所有的崇高
都在书上写着
而书上的信仰
往往也只剩下
清脆的一次考验
然后
就是碎了满地的是非对错

鼓楼遐想

我一直想对你说些话
这些话让你终生不忘
我想对你用尽一段情
这段情深藏你的体香
我的春梦

想为你写一首诗
让它唤醒你沉睡的温情
想眠在你的枕边
这枕边你会看到
我也曾泪眼迷蒙

西安，西安
大雁塔下你妩媚的眼睛
绿水一畔你脉脉的柔情
小寨街头你嗒嗒的鞋声
兴善西街你优雅的身影

鼓楼，鼓楼
那远去的钟声
长安以西
向里走，伴着你
千年的秦俑

怎么会遇见你
然后夜夜失眠天天思念
是你
让我的心声有人愿意倾听
是你
让我的爱情犹如烈焰翻腾
是你
让我有了爱得更深的冲动
是你
让我的理想突然有了价值传颂

辋川
我梦中遐想的地方
蓝田
布满我寻玉的情怀
秦腔
我理想中的酣畅
白鹿原
那个在书中我才去过的地方

今夜
我爱的人啊
请诉尽你的柔情
褪去你的霓裳
用你轻轻的一吻
柔靡我的衷肠
你雅慧的柔情
将铺满整个我的胸膛

坚硬的土地上

想要挣脱这世界的束缚
在一个合适的年龄
实现自己想要的自由
那时尴尬的气氛不再难以呼吸
也将不再接受任何无理的要求

我低着头
默默地走
不想曾经的失落
也不想未来的守候
就在此刻怀抱着自己的正义世界
向天擎举着我布满伤痕的双手

独自走在这没有尽头的街上
看着川流不息的人群
低首，脚下坚硬的土地上
长着我桀骜的青春
仰望，头顶淡淡的云里
飘着我高傲的温柔

在这张扬的世界里
执着着自己想要的低调生活
爱我所爱
求我所求
理性抑或癫狂的岁月里
我让自己一次疯个够

红尘中，是非难懂

这样的夜晚
想想这个繁杂的世界
想想这个静坐的自己
想想五花马千金裘
想想幽州台

内心深处
问了太多的应不应该
到最后都是无声默然
回身转念举手摇摆
再多的坚持
也扛不住思念来得实在

不怕给谁一个
坚守一生的承诺
而是不敢想
这孤独，难以埋首尘埃
沙漠的浩瀚
终究也不是海的胸怀

红尘中，是非难懂
情难痛快
生，就狠狠地一万年
死，就快刀斩乱麻地在今天
恨，就恨得了无牵挂
爱，就爱得拿出来——暴晒

在这样一个不成熟的夜晚
我看见最撩人的腻歪
看见深夜里独处的人
都有一段情
难以释怀
人生事，多有无奈
最后，都是被逼着离开

平等地活着

非我同类
请不要走近我
有时候
过多的关注也是一种劫难
我不需要被人发现
我只想
继续我自然状态下的生活

我的蹄下踩着冬天的冰雪
我的背上载着种族的起落
不是每一匹野马
都能承负起族群的重托
只是，在最危险的时候
谁都没有退缩过

几千年的文明
从我的背上轻轻打落
尘烟一样的往事
还有谁，会记得

不用为我歌颂太多
那旧年的历史
根本不值得我记忆
有谁闻听过
溪流汇聚却又后悔成河
奔跑，是我另一种辉煌的传说
我生存的内容除此之外
还有很多很多

我从不乞求什么
因为神明有说：
“众生要平等地活着”
请不要叫嚣也不要辱骂
更不要再残杀和追问凭什么

我的血统，高贵得让人无话可说

别处的星空

问太多有什么用
很多问题何必解释
该紧张的依旧紧张
该放松的总能放松

无双的寂寞上
张贴着自我的性灵
每一次的解释
都想加上一句“你不懂”

如果每个人都很在意
爱或不爱这样的问题
哪里还能寻得
半点自由的身影

围坐的人请把心思摆正
你听的不只是我的故事
更重要的是
我吐露心声时的信仰
和情话绵绵时的意念庄重

执迷不悟的苦都说自己懂
佛系的人总说别人没悟性
每个人，背后都被想象成魔鬼
暗地里，却都觉得自己最真诚

如水一般的心思
如山一样的言行
是谁，告诉你鬼魅就不得永生
是谁，让你非得坚信活着就要真诚

是非善恶的评判
左右了太多温情
苦寻的是内心的宁静
躲避的却是别人的眼睛
平常的世界
错乱的神经

不曾诅咒不曾苛求
理解的就留下
不懂的请你无声地走
在这里没有人强迫你
一定要你接受
另一个世界，另一片星空

这一年

这一年
开始为自己的生命负责
为了想要的生活
我在默默地耕耘
期待着一个像样的收获

这一年
把以前的事情全部回想一遍
每一个阶段
每一个节点
都有成长的泪水在不停地闪烁

这一年
为着我爱的人
我依然用生命
去博取她对我的执着
莲台剖心般的誓言我再说一遍
说过的话，我都会记着
做过的事，我都会负责
用过的情，都会有一个结果
你所有的付出
在我这里都会有收获

这一年
从稚嫩走向成熟
从锋芒毕露开始冷静沉着
曾经的话语连天机锋不断
换来此时的隐忍冷眼情意淡淡

这一年
我走在自己选择的道路上
要做自己命运的法官
在人生的终点
自有我自己在那里等候
然后给自己一个响亮的裁判

这一年
我继续低着头无声地走
我的心中念念不忘
自由!
自由!
自由!
我不做谁的风景
也从不为谁停留

这一年
每一句话
都在吐露我的心声
每一次行动
都在把我的命运验证
我内心的强大
你何必要懂
不得醒悟何必善终

这一年
就抛开身后的泥土吧
紧握命运的缰绳
涔涔流水般的岁月
踏上崭新的征程

将军的佩剑

为了心中
将军的梦想
背负起亲人殷切的期望
在一片晶莹的泪光中
这是最后一次
贴紧亲人的臂膀
自此以后
鼓角长鸣
永不反悔
马背思乡

离别时的不安
难掩心中的惆怅
荆棘坎坷路
血泪飞扬
块块刀疤
引领着哀怨的死亡
处处枪伤
展现着最狂热的梦想

昂首，身在异乡
那梦幻般的生活
都已远去
手中紧握着
一副单薄的行囊
激战的节奏
随鼓飘荡
战报频传
情势紧张
驻足的一刹那
回眸凝望
耳畔亲人的话语
更加意味深长

期盼的生活
黄沙漫天一般
铺展在眼前
将军的佩剑
猎猎
指向远方
勇敢坚毅的孩子
心中怀抱着将军的梦想
无畏的脾性
带着滚滚热血的疯狂

做人
当，剑鸣马嘶征战沙场
做鬼
当，灵石万年
魂—啖—尚—飨
如今
手握剑戟，纵马北疆
仰天垂泪，志莫敢忘
情，已若菡萏
义，已薄云天
那又何必在意
牡丹，是否国色天香
玫瑰，是否如期绽放

都已远去

做的事越来越多
说的话越来越少
不再关心
那些与自己无关的东西
也不再问
那么多的可不可以

身边的朋友越聚越多
少了嬉皮打闹
多了一份道义执着
慢慢地进入了一个
肩扛仁手托义的世界
这里不仅要有智慧
还要有拼死做事的勇气

一个人的时候越来越多
读书写字成了必须的生活
太多人的聚集
反而多多少少
冲淡了独处的快乐

前边的路越来越宽
目标也愈来愈清晰
安稳的生活元素
正在慢慢聚集
而远走他乡的情怀
却在渐渐远离

再睁眼
回首这缤纷的世界
一夜之间
不留恋的
都已远去

听，那呐喊

每一个凌晨惊醒的夜晚
伴随的都是那黏腻的冷汗
黑暗中不停逡巡的眼睛
可曾透视过自己内心的震颤
那丝丝的悸动
那轻声的呼唤
听，那呐喊

这一上路就是行色匆匆
时不时地回头看看走过的路程
担心走岔了路口
忧虑跨错了人生的栏杆
更怕辜负了自己
本就千疮百孔的人生

没有了太多激情澎湃的岁月
也没有了太多心思微妙的灵感
静心沉思
不再关心哪里有人生的捷径可寻
慢慢走
有多远算多远

无牵无挂的人
怎么能听得明白
别人生命的呐喊
没有经历过血泪洗礼的岁月
又如何理解
什么是真正的苦难

彳亍游走的岁月
内含了人生太多的梦幻
草芥一样的生命
惊颤着霜降以来的秋寒
薄薄的旅程
记录着斑驳的血泪
体寻着那一点点的温暖

以卑微的姿态
与生命抗争的人啊
用啜泣
演绎着自己对生活的倔强
活着的日子被留在当下
想要的却渐渐走远
渐渐走远
走远
…………

如果我是一个伸手讨要的人

如果我是一个伸手讨要的人
谁会相信我也能有所给予
而且我还有一个梦想
我希望：别用人的虚伪乱了上帝的神性

蹲伏在人来人往的天桥上
我收获的
不是人们心中的善念
而是怀疑的眼神和鄙夷的表情

我早已习惯了
从我面前匆匆走过的人群
我知道，走在这桥上
我是这里最不堪入目的风景

我没有打扰任何人的生活
然而我的出现
却让每一个看到的人无比头疼
我想他们大可不必为我劳神费心
在他们的生活半径之外
有一个污秽得难以形容的地方
在那里我可以了此残生断那残梦

不要再问我为什么乞讨
你要理解
人，各有苦衷
你可以不予施舍
但请对善良保有一份尊重

在一个沉闷疲乏的年代里
怎么能容得下哪怕一句诉苦之声
且莫再以你那康健的躯体
来拷问我这残缺的心灵

这一天终将过去

我的孤苦失落
你又何必明白
当你高高在上
自以为是时
这一天终将过去
而且时间不会太长
因为你从不曾看到
我冷冷的目光
正如锋刃一般
穿过你背对着我的脊梁

我承受着极限下的压力
闪转腾挪的气度
你又何必在意
当你雍容华贵在手
而我恐惧重托无边时
这一天终将过去
而且时间不会太长
因为你从不曾看到

我至死不悔的倔强
在生死之外
还有着我全盘的思量

无数次我以谦和的姿态
面对每个
第一次接触的陌生世界
那时的世界如果有你
你又何必觉得我是在向你
屈膝谄媚仰承鼻息
这一天也终将过去
而且时间同样不会太长
因为你从不曾看到
我低首的所有瞬间
身姿矫健慧眼向天

这一切的从容奔忙
只为落地而安扬名立万
正是你从未正视过的
我的一次次躬身向前
承载着我祈福未来的
所有理想全部希望

我该怎么说

我该怎么说
有些事情让我心思迷乱
而又坚定执着
许多故事总是那么不容置疑
是对？是错？

往事因藏有秘密
才更显光辉洒脱
是谁在追忆流年似水
又是谁在叹息
梦境甜美情意寂寞

也许你追求的是
风响摇铃伴春歌
也许你渴望的是
山翠竹林绕清河
也许这一切不如你意
随风蹉跎
也许这一切尽收眼底
福缘满格

不要总是那样的不经风雨吧
何必怨恨自己太多
既然梦已成熟
那又何须再盼
枝叶藤萝花果婆娑

如果我说
爱上你我怀着一种信仰
那么这样的心思
能否
安慰你心中的孤苦与失落

情绪·离我远点

你总是有那么多的问题
我从来都不想回答你
说心里话
无论你是谁
我对你已经有了情绪

你总是带着关心或者指责的口吻
向我询问着
在我看来不是问题的问题
替我想想这里
替我想想那里

你总是拿着
在我看来愚蠢至极
而你自己却是满满自信的
所谓经验和垃圾一样的过去
衡量你眼中的
看不明白的我

我想不明白
想到我
你——的心，为什么
就一定会充满深深的焦虑
我想说
这一切
跟你有个什么关系

我想知道你是谁
是观音还是如来
能够为我指点迷津？渡我到彼岸？
或者是玉皇大帝
可以提携我飞升九天
并带着我的鸡犬一同得道

如果你什么都不是
那就请你
从哪来滚哪去
愚笨如你
过着浑浑噩噩的日子
哪里来的勇气
整日锲而不舍地
以过来人的名义
对别人指点东西

我再问你
如果你功成名就
你又怎么会有时间来我这里
体味凉暖陪我唏嘘
我的要求不多
就是我的生活自己来过

如果你想说话
请到别的地方去
喝茶？我从没想过请你
吃饭？请到有眼无珠的人那里
如果你看到这些满布戾气的文字
就不要自找无趣
再来腻烦我本就浅浅的胃口
和妨碍我无视你的双眼
顺便告诫你一句
如果你想活，就去活个人样看看
如果你想死，就请死得离我远点

在那花开的地方

在那花开的地方
静卧着一个可爱的山岗
山岗的一旁有我的小房
小房的深处
摆放着我小巧的花床
在小床之上
睡着我深爱的姑娘

窗外的水车
在咕噜噜地作响
树上的鸟儿
在呜啾啾地歌唱
在那花朵盛开的山岗
一个多么美丽舒心的地方

在这静谧雅洁的地方
在那虫儿低鸣的路旁
处处弥漫着馥郁馨香
有我深爱的旖旎风光
有我朝思暮想的姑娘

那山间的流水
在静静地流淌
藏在水里的鹅卵石
也在欢快地歌唱
这世界多么美妙
这歌声如此悠扬
这里的女儿
发丝轻垂勤劳善良
在高高的心坎之上
有个美丽的身影
投诸四方情郎的心房

久久地记住吧
那脂嫩滑腻
如水果一般
晶莹剔透的姑娘
我期冀着
牵你走向远方
不怕山高路远
不惧流水婉转
不畏生活曲折悠长

幸福的道路
通向未知的地方
不平静的心伴着彼此
最真切的勇敢
和最无畏的坚强
浓浓的爱意
洋溢在我洁净的心中
我深深地爱上了你
山岗一旁
小房之中
小床之上
那稳稳睡去的善良姑娘

最后的余光

我活在自己的世界里
而你
却活在算计我的空间里
想问下
我走多远
才不会牵扯你的目光
我做多少
才能满足你算计的欲望

看到你这样
我曾心生一丝怜悯
看你唯唯诺诺
为你默默考量
听你一遍一遍诉说
你的心思
多么惆怅

你做的一次次交易
多少人无声成为陪葬
你说过的每一句话
费尽我多少思量

无意把你的盘算
做过多猜想

你自己却把自己出卖了
你说的每一句话
都把自己剥得精光
一眼看穿你的如意算盘后
我的心中顿生一股凄凉

有些话听着那么温暖
回味一下透心冰凉
你总有诉说不完的
理由与借口
你的心机
让我腻烦难忘
你的执拗
耗尽我最后一点幻想

你有你的活法
卑微崇高不论
我也相信
你有着自己要走去的地方
只是，在我心中
现在的你，已经彻底走出
我眼角最后的余光

这一年，又匆匆走过

这一年，又匆匆走过
在把生活规划得更加精细
目不转睛的每一天里
反反复复的各种消息
沉稳刺激
一闪念就飘过的那些天
结束的是一种等待的心情
继续的是渴望指引的征程

如梭的岁月里
用心的人都会被奖励
而我却察觉到
时刻被毁灭的危险
不停地在物欲的世界里焦灼
时时还要提防着灵魂的飘落

一个巴掌大的地方
承载着梦想和现实的交错
多想营造一个足够大的空间
把内心放在最安静的地方
在那里
无须千呼万唤
自有宾朋千万
目光所及全部都是
昨日今日和未来的自由

一个自认为
没有太多秘密的人
心里却一直藏着你
如果想说的话都能说
如果想做的事都能做
那么我愿意
把自己彻底交给世界
而你也要把自己交给我

贰

格调

我怀揣着深深的理想主义
继续保持着
一种不羁的格调
从来不放纵自己
从来不过多停留
不向谁证明勇气
不为谁出卖自由

晨曦

仰头
那天空的云朵压得很低
低首
眼前的路不知通向哪里
远大的前程铺展在脚下
回望的神情充满了犹豫

白日里
默默地注视着
别人的离合悲喜
沉沉的暗夜
冥想
自己可否活得更加随意

每一个不眠的夜晚
蠕动着的是自己
怀抱着挣扎内心的身躯
翻腾着的是自己
择善固执九死不悔的勇气

就在这个深沉的夜晚
我
一边摸着胸口
内疚着
不如意的过去
一边睁大眼睛
等待着
微光穿透窗棂
悄无声息地
布洒一片晨曦

执着

想做的
收不到任何承诺
看到的
都是未知的结果
听到的是一声叹息
祈求的
没有丁点着落

身边的所有人
都在看你
都在祝福你
却从不曾有一人
看到你心中的焦灼

有人满脸悲戚
写满离别愁绪
有人踽踽独行
心中藏着万千心事

有的人满脸淫荡
色胆包天却心中敞亮
有的人内心沉稳
行事静敛却步履张狂

如果你觉得这些人
都是假模假样言语可鄙
那么你是否问过自己
你，是个什么东西

你终于明白
风景不是你想的风景
流云也不是你臆想的流云
五彩斑斓的世界
形式各样的人群
很多人相知久远
才识得万千人中
什么叫唯你是信

意外总是层出不穷
福祸自有因果
小人的世界——无碍
君子的境界——好活
很多事做到底
才知道值不值得
才知道输赢对错
才知道
坚持了那么久
是固执还是执着

荆棘

在这丛林的每一个角落
熠熠的星光
微微照耀着寻找的意义
每一个分岔的路口
都留下意味深长的犹豫

所有艰难的付出
影响着
判断是非对错的情绪
不相信奇迹
不迷恋运气
所有偶然发生的事情
背后都隐藏着
不为人知的秘密

所有奢华的追求
在恬淡的气氛里
看上去如此卑鄙
所有伟大的征程
在愤怒的气氛中
动起来单纯至极

所有的理由都是借口
所有的喋喋不休
都是勇气
在无关紧要的看客眼里
粉墨登场的
都是跳梁小丑
只是
在“跳梁者”心中
每一场艰苦的战斗
都是在为帝王之路
扫除荆棘

慷慨

心里藏着太多温暖
落在纸上却满是清寒
走着的路曲折蜿蜒
拉直这个行程
原来是如此遥远

每一天都充满渴望
每一个渴望
都是如此艰难
在你坚持的眼神里
所有的风花雪月
簌簌飘落窗前

梦想太过复杂
心思太过简单
你总说所有的付出
扛不住
别人不屑的一眼
而我却不知道
你究竟是要活给谁看

有些事情
说出来的都是无奈
做出来的才是精彩
每一次无声的坚持
都是对自己最大的慷慨
这个世界本身无意抒情
坚持
就是最好的等待

温暖如花
是收是放自有安排
热情似火
是熄是燃自有如来
所有的绵绵情意
如果
你不懂
我就
留给自己看

围观

车马很快
只是未来还远
我想了很多很多
却结论有限
我看到的世界
总是用另一种
不曾见过的方式运转

不是拥有金钱
就能俗世免战
也不是表现谦虚
就能受到夸赞

不是努力
就能把梦想实现
不是放弃道德
就能避免围观

生活，本就是
一场苦战接着一场苦战
不是放弃尊严
就有生路可选

生活里种种体验
富贵荣华各有因缘
男女之间各有缱绻
近处有水，远处有山
而你，又给了我太多的
情绪渲染

沉稳刚毅的
从来是一颗不屈服的心
而不是，那一张微笑着的脸
当斗争，来临的那一刻
我愿时刻走在最前面

蝴蝶

蜕去的是干裂之蛹
争得的是飞翔的血液
飞过的是山花烂漫
望见的是残阳如血

忘不掉撕心裂肺的苦难
辨不清玉兰花的诡谲
翅膀轻抚的是花的脸庞
惊动的却是整个黑夜

欺骗

从一开始我就知道
死亡是每个人的归宿
也知道人生的风景
美在过程，不在终点
但是我还是想要一个结果
一个闪耀着富贵光芒的结果

我不需要你——所谓的人生导师
对我人生的指指点点
你说人生富贵如流水
劝我人生处处要行善
你，何时做给我看过

我看到的你
住着我造的广厦
花着我献给国家的金钱

搂着别人的妻女
占着别人的良田
你走过的路金光灿灿
你吃过的饭被称为盛宴
就连你上过的女人
她也住在天上人间
我想问你一句
你怎么会如此的不要脸

如果你觉得
如今的自己
活得明白而且想得又开
那么请你有多远就滚多远
在你对我进行说教以前
请你给我解释一下
你为什么不脱去教皇的外套
你为什么那么在乎香火钱
你为什么不丢掉身上的所有光环

你讲了那么多昧心的话
又说什么高处不胜寒
如果你对我的愤怒无话可说
那么我来告诉你为什么吧

因为你已经无耻地站在了山巅

人各有追求
不要再对我做昧心的欺骗
你只说你的奋斗
却从不曾向我展示你背后的靠山
指着你的鼻子
我可以骄傲地告诉你
我吃的米粒
颗颗如沙不是软饭
我奉献全部身心的事业
虽然小不起眼
却是点滴积累处处血汗
我的付出除了智慧
还有拼死的勇敢

最后
你说你的辉煌
就是后宫佳丽三千
那我告诉你，在我人生的终点
我走过的路程一定不会比你短
而且我会像自己心中的神一样
活——在——这——人——间

预言

那翻滚的海水
一遍一遍
冲蚀着这长长的海岸线
而我，已然变成一个
自己曾经深深恨着的人
在粗大的桉树下
我狠狠地把曾经写过的信
撕成一片一片

多少次你跟我交谈
我都说着你听不懂的话语
不是不想把心捧给你看
而是因为有着更大的顾忌
我掩饰了自己
在心中藏着的
那久远的秘密
虽然这一切
都不是最根本的问题

我不想老死在
这狭小的孤岛上
更不想每天向着天边
声嘶力竭地呼喊
这里
天，很蓝
而水，却很咸
这里离文明很远……很远……
这里更没有我想要的尊严

轻轻地吻过你的脸
为了更大的责任与希望
我坚毅地转过身
不再期待从远方驶来的行船
我毅然决然地背起行囊泅渡
迈出哪怕是走向死亡的脚步

如果有来日
当我有幸与你再相见
也许我能大声地说出
这，就是轮回
这，就是我曾经的预言

忧伤

我不知道为什么会这样
也许
是我被雾霜打了眼睛
混沌中
让我再也无法看清来路的方向

面对这无奈的世界
我不敢自诩很坚强
但是该抗争的
我仍会继续抗争
因为我知道
那迫于流浪的
并非只有我这一个行囊

不知道我做错了什么
也许今生
不会再得到你的原谅
花开的季节就要到来
芳香馥郁时
我的奢华将在何处流溢芬芳

兴许吧
你的灵性会让你明白
花的美丽并不只为赏花人绽放
如果有一天
你的根茎握于我的手掌
原谅我
不要再说我的心地不够善良

爱你时
只恨不能把你揉碎了
填满整个我的胸腔
如果你真能理解
我爱你的情意
为何会如此迅速地膨胀
那么
安静时
请你也来审视一下我的忧伤

脚步

有些话不想再说
有些事不想再做
这是一种怎样的心情
又该怎么面对这短暂的失落

梦想的旗帜
在前方嘶喇喇地响
前进的路途却充满坎坷
恍惚间
会突然忘记自己想要什么
伫立在原地想
如果不是现在这样
会不会有另一个结果

谨慎地应对每一件事情
静静地回望每一次步履匆匆
岁月在一点点地老去
我还在执着着
要在光芒四射的空间里
留下自己奋斗的身影

每个人的心里
都会有棵许愿树吧
失落的世界里
希望你能放下心结
继续给我鼓舞
让我胸怀满血的勇气
重走青春的道路

因为自己能够接受死亡
放下了牵系身心的所有束缚
所以，我就迈出了
这，最沉稳的脚步

目光

这个结果
不是我想要的
一瞬间
犹如心跌落冰场
很多事情难以控制
怔怔双眼思绪迷茫

满心赤诚
又如何能把自己感动
无名的道路上
冷风荡荡
自己怕的
别人已经习以为常
自己求的
别人也念念不忘

一低首的慈悲
险些毁灭了过往的坚强
漫漫路途遥远目标
如何在这短暂的时间
跨越无常
种下芬芳

再坚持一下吧
背过所有扰人的负担
回首
轻轻的一声叹息
吐出所有不如意的失望
淡淡地凝眸
那曾经
坚毅的目光

以为

一个人

当他
缠绵富贵沉睡温柔的时候
总以为
自己是这一切的所有者
他要的奴是奴
他要的仆是仆
等到有一天
乾坤颠倒
原来这个人
也只不过是崩溃的权力链条中
被落井下石的最弱一环

当他
光风霁月的时候
总以为
自己就是这美景的缔造者

他说的风是风
他要的雨是雨
等到有一天
日出东山
原来这个人
也不过是别人幕后施法
台前挥舞的一个道具

当他
志得意满的时候
总以为
自己是这个世界的中心
他做的事别人一定要懂
他的命令别人一定要服从
等到有一天
水落石出
原来这个人
也只不过是别人的大厦
基坑里砖瓦一片

一个人
活在自己以为的世界里
星悬云散

诉说

我追求的
不是你看到的
我得到的
却是你想要的
如今
你眼中的我
是你愿不愿意
都要看到的结果

你眼中的我
终日奔波
看我马不停蹄
四处张罗
看我风生水起
历尽坎坷
你觉得我
有时顺风顺水
风光无限
你觉得我
有时孜孜矻矻
无声逼仄

你眼中的我
心思，千头万绪
你眼中的我
盘算，深不可测
别人的世界
边界清晰视野辽阔
我的世界
边缘模糊混沌无着
你想知道
怎么走进我的心
我想知道
你为什么要这么做

所有的光辉
与不堪影像
在我心中默默碾过
所有的声响
却不知在你心中
可曾驻足停落

因为我相信
每个人
都是每个人生命中的过客
偶结善缘千年蹉跎
所以
你——不会看到
我眼角噙泪
你——无须体会
我内心曾经的
酸楚与失落
你——更听不到
我低头悲泣向谁诉说

假装

你，每天假装很认真地做事
低头工作，仰头聆听
在你转身后
却骂声四起纸笔乱扔

你，阳奉阴违的时刻
应付着别人托付的工作
别人也在蹂躏着你想要的生活
你觉得自己大材小用
剥光了你依附的光环
你的样子除了猥琐，难有从容

你，假装自己情深谊厚
心中的自己，嘴上的朋友
在你转身后
不屑之情溢于言表
鄙夷之色四处游走

你，肆意践踏着朋友的真诚
他也在逐步
挥别着你自以为是的聪明
你觉得自己义薄云天
去除了你的虚伪言谈
情意空空的皮囊
难装丁点真善

你，错判了自己
在别人眼中的角色
高估了自己
在别人心中的位置
却没有看到，有的人
貌似远离所有圈子的核心
振臂一呼却如影随形

当你习惯了
光环照射的温暖
便已经开始
漠视别人奋斗的艰险
当光环散去之时
你将无所适从
奋斗启程之时
一切都会开始逆转

尊严

这是一个关于人生的比喻
你可以把这个女人
放在心里面

我没有想过
我们是否还会再见面
每一次为你出行
实际上
我都没有太长远的打算
每一次听你轻描淡写的诉说
都觉得是对自己灵魂的考验

我很想知道
你嘴里的人生
究竟是自己想要的璞玉
还是别人肮脏的嘴脸
你总说要活出自己
而你的脸上
却嵌着别人的双眼

你说的内心柔软
只为自己敞开
可你却没有秘密
经不起细看
你说自己是个优雅的人
可你的床帏
却又是如此透明
不避恶俗任人观瞻
每天
你的妆容都是如此精致
可你的心
却是蓬头垢面

你
正面花容月貌
背面床笫金钱
想想你短暂的
处女之夜的细细呼喊
娼优指尖的岁月漫漫
心无庄重虽美亦贱

我不知道什么样的承诺
才符合你心中以为的誓言
也不知道给你什么样的生活
才是你想要的尊严
你坚持着自以为对的东西
却未曾有哪怕一次
对自己心灵的直面

我眼中的你
信仰的柱石是如此脆弱
从未经住
命运
对你哪怕丁点的血色抽检

平静

多少次忧心忡忡地
面对自己以为的困境
多少次忙忙碌碌地
坚持着手里的事情
以为只有这样的境地
才会有这样的心情
以为这繁杂的事情
我要自己决定输赢

每一段人生的历程
感觉都有太多不同
我不敢说自己
越活就会越成熟
但是也从没有人
敢轻易把我否定

我有幸
从别人的世界路过
他们的慷慨
给了我更加健全的心灵
如果
别人的居所
是我朝拜的地方
那么
我来我去
他们都不做任何强求
是送是留
都是他们自己的自由

无论你是谁
如果有一天
你看到我
在做一些
你没有想到的事情
听到我
在描述一些
你不懂得的心境
你要知道
那时的我
已经跟你完全不同

我经历了
你未曾经历的痛苦
承受了
你幻想中苦其心志的心境
也许
对我经历的这一切
你的心中充满不屑
但是我的内心
远远比你想的平静

瞬间

想念你的时候
我想
也许只要看你一眼
我的心
就会感觉很温暖

当你离开后
我才明白
天涯的距离
原来是如此遥远

孤独的一刻
多想
你就偎在我的胸前
你说过的浓浓情话
随时都能穿越我的心坎
你的每一个举动
随时都能开启我新的梦幻

你
让我如此眷念

我的心并不复杂
我多么希望
你能跟我一样简单
我的世界就这么大
只是一伸手
就能牵住你的渴望
却是那么难以实现

你在我身边的日子
我不奢求再有任何改变
未曾想过你的远行
也不曾设想你生活的终点

如果你觉得我给的一切
还算惬意
如果你觉得
这一切
还值得你做更多留恋
那么我愿意
承诺你一次永恒
把所有你认为的美好
定格在一个又一个瞬间

视线

走过的路
不记得已经多远
说过的话
不记得已经多少遍
每一次回忆
都已经想不起
曾经
你给过我的温暖

我想忘记
曾经付出的思念
我想作别
所有的冷眼
想念
那曾经淡淡的云
想念
曾经你偎在我身边时
那蓝蓝的天

如果再有一天
我选择放弃所有思念
如果再有一年
我能抗拒别人所有的指指点点
你是否还会觉得
我还是当初你认识的
曾经孤傲的我
所有的努力
都只为自我的实现

再听到
从远方传来的呼喊
每一次都把我冷冷的心
轻轻召唤
久久回应着的
是我遥望未来的双眼
满怀期待的
是我忖度永恒的
不羁视线

枷锁

很多时候在你看来
我做的事情不可理喻
或进或退
都是我的选择
如果你不懂我
又何必啰唆

每天
过着循规蹈矩的生活
纠结比顺畅多
你觉得这是苦行僧
我却觉得
你活得可能比我堕落

每个人
都是别人矛盾的制造者
你忧愁苦闷
你喜怒哀乐
偶然间
我走进你的世界
不经意间
我又走出你的生活

你觉得命运无法掌握
命中注定戴着枷锁
如果你不懂我
以后
就不要乱说
如果你明白
以后
就努力坚持着

在灰飞烟灭
光辉重启的那一刻
你既已放弃了自己
就不要再抱怨别人
控制着你想要的生活

格调

从今天起
忘记已经过去的温暖
体会这深深的凉意
那所有的付出
还有着最终的目的

在你眼中
所有的风景
有着太多阴谋
所有的奋斗
是在背离自己渴求的自由
因为你的心中
对未知的世界充满恐惧
所以这一切
成为你懒惰的理由

每一个脆弱的环节
都能看到命运的坏脾气
没有抗争的生活
如何想象
悲惨的日子如果来临
你是否悔恨曾经放弃

你是否知道
有一种语言叫喋喋不休
有一种行程叫渐入佳境
有一种人生叫江水东流
有一种理想叫三年以后
还有一种命运
叫
自我求证

我怀揣着深深的理想主义
继续保持着
一种不羁的格调
从来不放纵自己
从来不过多停留
不向谁证明勇气
不为谁出卖自由

方向

我常常在想
如果
我不是现在这样
如果
当初我留在了
那个叫作“遥远”的地方
今天会有谁
在乎我
曾经的失落
曾经的迷茫

如果
不是走过
某些人指责的弯路
他们
又怎么会知道
所有的道路没有对错
方向
才是不变的导路者

十年
没有再抬起头
仰望过那片熠熠的星空
不是怕黑
而是怕星光
闪瞎了清澈的双眼
再也寻不到
自己所追逐的梦

再一望无际的视野
总会有一个尽头
再一言难尽的苦衷
总会有一个缘由
不要欺人负义
末了一身污血
也不要故弄玄虚
迷惑了自己

我在努力寻找一种
超脱世俗的精神
不为名利
无关缘分
不在乎谁的因果
也不在乎
谁的凄冷寂寞

如履薄冰的富贵
你以为没有利诱
就没有人在等
逢场作戏的幽默
你以为都不说
就没有人会懂

距离

有时候
长达十年的坚持
突然一个瞬间
再回首仔细察看
一些人心中的信仰
原来是如此不堪
一些人口中的追求
散发着罂粟一样的诱惑
却不明白成瘾的不算

有些人把对生活
无可奈何的忍受
当作了自己的坚持
误以为投降的双手
就是在拥抱自由自在的天空

烟花绽放一般的存在
有人看到精美绝伦的变幻
有人看到被灼伤的危险
所有时空的距离
关乎着每一个人的勇气
有人选择了走近
有人选择了走远

所谓的十万八千里
天涯海角一般
真走起来
其实也不算太遥远
所谓的近在咫尺
只是一伸手的距离
却深深地感觉
怎么也无法走进你的心里面

片段

有的人
风轻云淡
转身就是百年
有些事
多想给出最完美的答案
作为风景的你，看起来
有时候，也不近
有时候，够不着
想起来，也挺远

碎石一样的生活
烦琐，一点都不柔软
要多久的忍耐
才会有些微的节奏感
被别人在意的
我怎么就从不热心
被别人无视的
却都被我默默放在了
触手可及的最前沿

很多话
喋喋不休到自己都厌恶
一遍真情再一遍就是欺骗
频繁出现消失在漠然的人群中
我努力挥动的双手
划出了多少个拥抱你的弧线
可你，没有看见
然后，就在我俯身的一瞬间
你却已经走远
终于，在剪影一样的生活里
每个人都活成了
别人回忆里的一个片段

突然之间
不想关心酸甜苦辣
不想知道温情浓淡
不想再考虑
知道的不知道的是非对错
是否还有什么没有做完
让人生留下无法弥补的缺憾

在一个特别的空间里
那一刻，我的眼里只有你
看你，舒展衣袖
看你，风情无限
看你，意短情长
看你，千回百转

所有你说过的话
我都很认真地
记在了心里面
所有你走过的路啊
我都想
陪你重走一遍

叁 修行

真假难辨的状态里
世俗，在酒色财气里活着
高雅，在梅兰竹菊里度过
分道扬镳的时刻
我看到了
眼脸模糊的你
你看到了
留下孤独背影的我

戏弄

你以为我什么都不知道
所以你越发肆无忌惮
你觉得你做的一切
都可以在我眼前隐瞒
笑话
如此浅显的戏弄
小丑一样的白脸

听你颠三倒四的言说
我从不吱声
看你杂耍一样的表演
我笑，冷眼旁观

我坚持给你微笑
给你想要的金钱
成就你辗转反侧的美梦

解除你郁郁寡欢的负担
因为我不曾逼问
所以你也不曾回答
你祈求的安逸舒适
何曾有匹配的付出
与我交换

也许你忘记了
我曾对你说过
忠诚不容背叛
诚实是我要的底线
你手里握着我给的果实
也会随时变成致命的刀剑

不要把我轻易试探
因为我没有警告一次
然后再观察一段的习惯
你若本分便是惜缘
你若觊觎自有灾难
我若会心你有欢颜
我若杀你绝不手软

传闻

所有遥远的故事
都有着充满猜测的传闻
所有已经走远的故人
都会留下挥之不去的印痕

我不是一个活在回忆里
走不出狭小格局的人
因为没有创造过
所谓辉煌的过去
所以不愿轻易
活在温柔的世界里
感受缠绵悱恻的温存

不需要用所谓的信仰激励
来刺激我倔强的灵魂
也不需要谁在我耳边
无数次轻声絮语叮咛安稳

我自信
正在走的路
能够演奏出自己生命的音韵
正在用的情
能够感动每一个我遇见的人
正在承担的责任
能够照耀我的人生优雅平顺

我相信
如今正在做的事情
未来的时光里
让我能够
只手撑起一片森林

此刻

到了最后结束的时间
所有的过去
已经不忍细看
只轻轻的一个转身
消失了所有
我渴望的优雅瞬间

抚慰的情绪
弥漫着熏烟
明慧的心灵
穿过上帝的眼
所有的情绪烟消云散
所有的美意承载瞬间
山高水长路远
蹙眉颔首姗姗

所有的平淡
投进我的双眼
所有的坚强
写在故事发生之前
所有的责任
毅然决然
所有的勇气
留在这一年

这一年
无所谓酸楚
无所谓未履行的誓言
所有的付出
比我所求
一切都值得交换

每一个擦肩而过的人
都带着未知的温暖
所有的回眸一看
坚定信心的执着
赏赉自信的果断
所有的坚韧不拔
成就一生的思念

从来没有哪一刻
就在此时
波涛暗生
摇曳万千

回望

我的世界你怎么会懂
左手握着决绝的奋斗
右手紧攥着苍凉的梦
每一次跟你轻声细语
都想着能够再次相聚
而你愤怒地一转身
我又如何能够追去

这条路走过多少次
心中的渴望循环往复
所有的热切期许
渐渐淹没于世俗
每一声清脆的啼哭
惊动着暗夜的寂静
每一扇房门的开启
都是一个新的征程
进，是梦
退，是梦

孤独的人
有着寂寥的心情
望见一片残阳
思索一世动荡
眼前风云际会
身后物是人非

所有的假设都是无意的回望
所有的行程铸就一生的脊梁
有人把价值归在享乐
有人把生命铸成卓越
如果
我从不曾放弃
你也就永远不会知道
我曾奋力走过的开始

安宁

我想我应该能够
从容面对我遇到的每件事情
看见每一次离开
看见每一次归来

无数次
我用一种仰望的姿态
探寻我的目光会有多么长远
一低头却发现
脚下满是断壁残垣
在山巅遥望不易
回望脚下也同样太难

生活都是在重复
重复昨天的理想
重复昨天的希望
在自以为是的人眼中
所有的五光十色
都是破碎的影像

我想去做漫无目的的游走
把身体放逐在路上
把灵魂祭拜在天堂
不想人生不念理想
摒弃所有的
无知
欲望

我看见我的每一次心情
我理解我的每一次真诚
我蜗居在狭小的空间里
做着我的世界里最大的梦
如果有一天
我站立在喧哗的掌声里
希望在那一刻
我的内心
依然可以给我
哪怕一秒钟的安宁

人群

我尝试用一堆符号
标记我所看到
或者听到的疑问
然而
更多时候得到的回答
都不够真诚和认真

如果一个人的世界
满满的
都是塞责敷衍
那么你我所追求的一切
如何能够深沉

用尽一切方法
维持这个细微世界的安稳
当所有的希望落空时
愤怒的不是我一个人
那闪转腾挪的气度啊
就像天上飘过的流云

平淡的生命里
需要一个疯狂的理由
去开启每一扇禁闭的门
所有无悔的付出
在花花世界的注解下
彰显着一颗最纯粹的心

无论如何
忘不了当初你的眼神
曾经像一张网
覆盖了我的灵魂
我尝试着通过你的眼睛
让自己不会在世俗中
迷失于错综复杂的人群

解释

因为
我想对自己做一次证明
我想对世界尽一份责任
所以
我的每一次长途跋涉
都是弹尽粮绝
山穷水尽

看到我做这样的事情
你总想要一个理由
无论解释多么牵强
你依然相信那是真的

我问你
你是不是傻
你说
只是看你那么蠢
我给自己一个
原谅你的台阶下

你相信
看到的就是真实世界
你觉得
听说的生活
也是一种不错的选择
你的问题
麻烦而且很多
你让我怎么回答
云里雾里花开花落

空虚寂寞的时光里
你一直倾向于道听途说
你总说
生活本来就是糊弄
既然这样
向你做任何解释
你都会无动于衷
你这一生的自甘沉寂
可能永远都不会再懂

修行

你跟我的世界
相差太多
我不理解你
你不理解我

我是千年的旅客
你是百年的店
你未曾垒起时
我已记不清
多少次安静地走过

时间越久
越发觉得
生命不能蹉跎
手里握着金子般的梦想
映入眼帘的却满是诱惑

坚持的所谓修行
回头看
原来就是煎熬着
放下的
是自己的逼仄
救赎的
是让生命肆意沉默的罪过

原来
很多事情
不需要怎样去做
原来
很多话呢
也不用说得太多

真假难辨的状态里
世俗，在酒色财气里活着
高雅，在梅兰竹菊里度过
分道扬镳的时刻
我看到了
眼脸模糊的你
你看到了
留下孤独背影的我

幻想

我终于站在了舞台中央
出现在我原本就该出现的地方
所有刀剑风霜般的岁月
在这一刻
统统遗忘

我远在千里之外
你在舞台外围踮脚遥望
所有的故事
不慕虚名不念过往
来来去去的都是客
沉沉稳稳的是你对我的期望
对了？错了？
谁有资格评说这一曲衷肠

时间一分一秒流淌
怕生活会像某天一样
你一个转身
我就顿时心生恐慌
怕你说过的话会随风飘散
怕你用过的情会黯淡无光

我多么希望
因为我的存在
未来的你
可以让自己不再谨小慎微
在自己的世界里恣意狂妄
看我的眼神
也时时刻刻充满深沉坚毅
永永远远不再迷惘

这一颗心捧给你
就不再有任何取回的幻想

尊严

这一场战争
持续了这么多年
多少不知名姓的人
湮没进历史的长卷
那些留下伤疤的人身上
闪耀着妥协的思量
和坚持斗争的勇敢

多少次伏泣案前
大大小小的战斗
体味着你们的艰难
惊骇于上了战场的人
再没有机会
回到出发的站点

战争里的那一纸情书
不知道还有多少人会看
一直在评说是非对错的人
我想知道
在冷冰冰的刺刀面前
你是否有勇气站得靠前一点

一座座丰碑
就这样矗立在眼前
不敢仰望
怕一抬头，哭瞎双眼

所有的场景不用再描述
已经深深埋进心间
遥望跪拜所有先烈
无声默泣
承载着最崇高的祭奠
那些，勇于征战疆场的人
肩扛这个民族最后的尊严

告白

我没有太多的告白
如果心中怀有一片柔情
那又何须再问爱或不爱
没有太多的假设可供选择
也没有安稳的语言
能平静地表露我的情怀

你是否还记得
当初那含蓄而又羞涩的眼神
有多少带有想爱
而又没有勇气的无奈

我多么希望
能拥有你对我最炽热的爱
爱我
就用你的情话
呵暖我寒凉的灶台
爱我
就用你的身体
焐热我冰冷的胸怀

一直以来你什么都不说
只有我一个人在喃喃细语
笨拙地向你告白
可是每一次面对你
我的话语总是有着带血的苍白

这是一种怎样的不平等啊
只是如果我也一直不说
那么何时你才会明白
我对你怀有的满满情爱

最后我想告诉你
这一切，我愿意
我愿意就这样
匍匐在你的脚下
用我的双唇滋润你的脚踝

你我

爱上你就不再寂寞
曾经我一直这么对自己说
如今爱上了你
很多时候却感觉更失落

也许我说过的有些话让你很难过
只是，如果你能看到
我心中这么长时间的惆怅
那么你也许就会明白
我对你说过的话没有错

你的心思太过绵密
你说，爱
把幸福点燃
也把痛苦传播
所以
有些话不敢轻易对你说
有些事不敢轻易为你做
怕伤你太深
怕岁月终究蹉跎

你给的爱
有着太多缅怀
你给的情
包含太多思索
怕你会惊惧在无垠的感情荒漠
怕你爱我却不愿对我说

因为未来还太远
不知道能把你带进怎样的生活
所以，这样的事情
让我怎么想啊
怕辜负了你的一腔柔情
怕向你承诺太多

你想要我怎么做
趁现在就把我带走吧
你说：转过身去
我就轻轻地走了
因为听你的话
所以让你一生恨我

不要看到我说怕
就觉得我胆小懦弱
你是否真的明白
怕
是因为爱你
是想要给你的太多太多

不要总觉得
生命太过绚丽
就是幻象、假的、难以捉摸
一切都是真的
因为这爱
是你给的

爱上了你
心，就不再孤独
身，就不再寂寞
如果还有下辈子
我希望那时
仍然
你还是你，我还是我
我们能够再次相遇在
我最年轻
你最美的那一刻

启示

你眼中的我
不曾温柔
每一次你转身
我就觉得大祸临头
你想的
我从不曾猜到结果
你要的
我也没能满足你所有的要求

你眼中的我
从来都是孤独来去
每一次你离开
想要投给我
一个决绝的身影
却被我淡淡地轻轻带过

你眼中的我
只有自己的生活
你期盼的
被我一次次忘记
得到些许失意
和太多期冀后的失落
于是你说
很多话不想再对我说
很多事不想再为我做

你眼中的我
心中藏着太多的秘密
你想走近我
想知道
我在面对一种怎样的执着
想看我是否能够顿悟
是否能够一眼看穿生活的对错
更想知道
我的手里最终握着谁的起落

你眼中的我
有太多自己的心事
心里埋藏太多曲直
你觉得我的心冷若冰霜
沉默中看穿自己的生死

我的世界
没有那么多的秘密掩饰
我的心中
也没有那么多的城府深植
我有自己的柔情和面对的诱惑
只是需要你换一种方式来感知
那一刻你会得到偈语般的启示
少年一段风流事
只许佳人独自知

喃语

朦胧的夜色
温热的河水在静静地流淌
那个淅沥的雨夜
空气中洋溢着青草的芳香

夜，充满了诡异
和玄妙的幻想
那透明的身体
温热的话语
在扑朔迷离的青光中
啖尽月的芬芳
犹如曲线一样

你依偎在我的身旁
看双手变换不同的影像
听你细声喃语
爱不是全部占有的欲望
看你思古畅想
奢求更多的
是爱人的心平静而又安详

你给的温馨惬意时光
总是令我憧憬和难忘
你的细语柔声
夹带我转角的方向
你的欸乃温情
引领了我的全部飞翔

斑驳书影
描述你多少红尘旧梦
昫昫微风
又带走我多少暖暖思量

心弦

所有领略过的风景
都没有你好看
所有动过情的人
都没有你勇敢
你的每一次颔首
都是对自己的一种肯定
你的每一次呼喊
都能重启多情岁月的栅栏

风轻云淡的日子
所有的浪漫层层渲染
所有的温暖情愫
朴素而又简单
从不强求
从不考验

不是每一次远行
都会向你
倾诉满腔誓言
不是每一次
为你期许
注定都会实现

所有青春的光芒
经不起岁月的磨砺
你哭你笑
从来不离我的双眼
你怒你怨
我已会心慢慢习惯

你看到
我的行程渐渐走远
而我的眼中
你的身影不离我的视线
你落寞的风华荣耀
点点滴滴刻进我的心田

你的人生起伏
与我的生活交织相望
与我的甘苦命运
风云波澜
所有淡淡的你的回忆
久久地触动我的心弦

守候

认识你那么久
不敢想是否真正把你拥有
每一次你忧郁的眼神
都把我的心轻轻穿透

想起你
我的身心都在剧烈颤抖
多愁善感如你
多少岁月逝水东流
你要的弦月风歌
幽幽夜色哽咽鸣奏

你想的心事不曾明示
你等的离人不曾回首
我看到的你
眼角沁泪如鲠在喉
有一种感情
恨，至死不休

天涯的距离
不过就是从南到北的游走
海角的等候
也只是从东到西的挥手

如果有一天你决定了
选择站在我的身后
那么
我的心声你是否还能听到
我眼角的泪水
你是否还能看到在静静地流

多少人标榜着自己的爱恨
多少人追求着自己所谓的自由
曾经的光辉岁月
只是用来纪念的田畴
那消失的人烟
也无须再用回忆刻意留守

如果真的能够
挥手作别往日的风流
那么如何
才能把这满腔心事
淡淡地诉于你我的再次邂逅

我想，这山水已经不再智仁
我想，这风云也不再幡动飘流
我想，这时空啊
能否再让我做一次选择
拥有还是守候

夜晚

如果这是一个故事
那么我说你听
一点一滴温情款款
一分一秒婇嫚展现
这是一个全新的开始
这是一个重启的纪元

多少温情慢慢发现
多少温柔点点浸染
你要的夕阳
晚霞缠绕沉醉天边
你想的弯弯明月
清清光芒依卿夜晚

直到那天你站在我的面前
静静凝望我的双眼
任你肆意靠着我的双肩
于是，你开始习惯
习惯我对你的依依爱恋

我在心里默默祈祷
希望自己
永远不会沉沦黑暗
期冀你我
风云不离四海缠绵

有你，我想的幸福
光影斑驳蜜意久远
有你，我的心事
也无须再默默沉淀
你，疼惜地
吻封我脆弱而又倔强的感情线

当夜晚不再黢黑
黎明已然来到跟前
我爱的人
你是否会像我一样
因为沉沉思念
所以双眼炯炯难以入眠

爱你
就让我跨越这巍巍峰峦吧
哪怕历尽万苦千辛
只为沉醉
看你一眼

噤言

轻轻地，你走了
留下一个孤单的我在荒原
喧唱般坐在无影的房间
忍不住
凶猛地回首时光的荏苒

看看走过的路
想想你那美丽的脸
默默地沿着那河岸
紧紧地盯着头顶一片湛蓝

那时，我牵着你的手
怀揣着幸福默默地走
你不吱声
听我由衷地述说着
爱你
直到永远

在青春逐渐远去的岁月里
你曾陪我走过一站
又一站
多少次看到你的疲惫
深情地把你拥在胸前
知道你心里有时会冷
我真的很想给你
更多更多温暖

凝视着
你那含笑带泪的脸
用我那皴裂的双手
轻轻地拭去
你脸颊上细细的汗
我想啊，这一走
真就留下了一条血痕
淡淡地在你心间

你走出我的世界
到了另一个起点
我彷徨地度过了
你离开后的每一天
没有消息没有呼喊
一切
都是我一个人在故意噤言
我想以后就不再想你
可是你的身影啊
却在我的脑海中
一刻不停地闪现

我深深爱着的人呐
如果再次和你相见
我要对你说
我曾经想忘记你
可是我对你的思念
却一直
有增无减
有增无减

起点

我想静静地走过这一天
我想稳稳地度过这一年
所有放不下的心事
都会有一个了断
所有念叨的旧人
都会有一个时机
重回我的身边

多少次忧心忡忡
多少次辗转难眠
每一个温柔的夜晚
流星划过
那都是我曾经为你许下的诺言

我把自己推上高台
只为遥望远方
沉醉一晚
我把岁月斧劈刀砍
只为摆脱流俗
踏上青云之巅

当所有人
晨旭晚安风轻水暖
我的内心深处
却在不断凝聚着
最节制的疯狂
最庄重的野蛮

我想说的已经不多
我想做的还在积攒
而这一切
仅仅只是一个风轻云淡的起点

心愿

我有一双清澈的眼睛
它能完整地
倒映你的心灵
映射你的浮躁不安
给你恬淡安静

我是你善良心地里的
另一个浩瀚无边的宇宙
它能让你的每一个梦想
都寄托在我的心中

我是世间那凌厉的霜刀雪剑
它能让你对我们之间的温情
除了感觉柔软惬意
还能保有一份沉重

我是你娇香体下的
一方丝绒小榻
它能让你
在黑暗中无所畏惧
静静酣眠直到黎明

我更能拥有一种
至高无上的信仰
它能深深地感染你
即使
你深处绝望之中
还能毅然决然地
相信我们的爱情

救赎

我突然想到了痛苦的你
那时的你是如此伤心
而我依然无所顾忌
以为你不懂得
以为你把一切问题
看得太重太过卑鄙
结果
了无声息无比压抑
一边是你的哭泣
一边是我的叹息

所有流传的故事
都是一个危机连着一个危机
惊悚而又充满情感悬疑
于是在特定的环境中
伤痛无法平息
悔恨刻意躲避
那刀刀锋刃划过你的心房
疼，在你的肌肤
却永世，刻进我的心里

有一种爱剧毒无比
沾上就无可救药
剩下自我情感封闭
救赎
对你来说
是如此的艰难
如此的让人束手难济

世象被看破了
就饱含太多丑陋的信息
不是世界不堪
是你明白得太晚
了然的多了
生命反而没有了生机
因为别人的错误
狠狠地惩罚了自己
无言以对
痛苦视你

如果给你一次选择
你是否会放过自己
不再对自己的情感
进行无休止的杀戮
不再以漠然的表情
面对当下冷漠的自己

也不再傻傻地
把最后的爱肆意麻痹

你无法理解别人犯过的错误
也就无法融化受伤的自己
你想，是谁能再次走进我的心里
你想，是谁可以重新放我在怀里

如果你的眼中
没有对未来的仰视
如果你的心里
深记抹不掉的过去
任凭爱神再次来临
谁也无法把最珍贵的
你的柔情蜜意
再次稀释重新过滤

既如此
若不放生自己
每个爱你的人看到的
依旧是你唇红齿白下的
满腔戾气
爱你
却依然无计可施

温暖

有个故事
只发生在你跟我之间
从东走到西
从北走到南
不用在意谁的脸色
不用在乎谁的谣传

所有的路途都是旅程
目的地
只是给自己一个远行的借口
好让我们能够走得更远
远到不知所踪
远到你一声呼唤
我就立刻闪到你的面前

你的眼光
隐藏着我事业的高度
你的视野
拓展了我精神的底线
你在我生命里的存在
让我明白
原来人生可以不用太贪婪

你给了我最美的感觉
让我感觉到所有的温暖
你让我知道
有一种退缩
可以只在你的眼前
有一种生活
可以不用太勇敢

坚强，只是一种选择
躺在你怀里时
我突然眼睛一酸
如果，今生没有遇见你
那么，我会软弱给谁看

肆

梦想

睁大眼睛
透过漆黑的夜幕
拼命
寻觅着
你难以捕捉的身影
追逐着
你给的人生输赢
如今
你闪转跳跃的姿态
猛烈刺激着我紧绷的神经
每一个不眠的夜晚
我的床前
来来回回
都是你骄傲的身影

错过

我想用一个身影
吸引你的目光
于是我鼓足勇气
伫立在你每天要走的路上
然而，我站定
你却再也没有从那里走过

我想用一句话
深深打动你的心
于是我久久酝酿
想说一句我爱你
然而，话已出口
你的耳朵却被喧嚣盖过

我想
干脆就直接走到你的面前吧
举手投足，都用心设计
每一句话，都微抚你心
只求一眼温暖的平视
只求一次安静的聆听
我做了
却错过了
你匆匆消失在人海之中
你的世界
我要怎么做才能懂啊

平行的空间里
是不是各有各的痛
如果有一天
我再一次用心安排和你偶然相遇
你会不会走出很远
又回头
看我一眼
你会不会喧嚣之中
又回身
把耳朵贴近我的唇边

挽留

如果哪天我放手让你走
你是否会有
哪怕一丝的停留
为我驻足
为我守候

如果再给你一次选择
你是否会泪如雨下
绝不把回头路再走

所有的假设你想过多少遍
却从来没有一个人生的节点
让你觉得足够

如果我把自己假设成你
你是否感恩如今的自己
每一次的角色转换
都是因为
你依然不够优秀

所有尽力的事情
你已完成
所有的付出
都是交换
那预期的交易
你又如何能够说得出口

所有的路
都是一个人走
所有人追求的自由世界
有时混蛋到一无是处
有时又处处把人挽留

姿态

我现在已经进入不了
太深的睡眠
每每在深夜里惊醒
无声中呼喊着你的名字
焦虑着未曾谋面的未来

我在房间里独自徘徊
从这个房间
看到另一个房间
在没有光线的地方
依然能够清晰地感觉到
书架上几千本书背后
灰尘里，满满的怜爱

我回想下自己
这个没有几个朋友的人
有着不愿痴迷的情怀
与人群保持距离刻意回避
不相信没有原因的温暖
不把任何人依赖

从此刻4：42分开始
策马扬鞭分道扬镳
太多不管合适不合适
我都已经做了的事情
奠基了我青年时期的告白
我，要走向更高的平台

这个瞬间
双手，捧着给你的许诺
脚下，踩着昂扬的姿态
暗夜里，我轻触你的脸庞
犹如，开启一个崭新的时代

风景

有一首歌，听了很多遍
不知道在传唱谁的心声
有一段路，走了很多次
不知道会有谁一路陪行
有一句话，想了很多遍
不知道说什么会让你觉得真诚
你这个人，我想了很多次
不知道如何才能觅到你的行踪

想很认真地
跟你说下我的想法
但是，怕你误会我是在安慰你
辗转反侧是否伴有风雨兼程
很想为你
做一些力所能及的事
但是，又怕你认为我对你别有用心
肝胆相照又是否理解如影随形

你说的每一句话
我都会用心倾听
你做的每一件事
我都会感觉惬意轻松
你说等等，我愿意陪你犹豫
你说要走，我默默陪你前行

每天在你跟前晃动
我固执地以为
你会明白我爱你
如云随风动
每天你看见我的时候
我执意地以为
你明白我所做的一切
言少情浓
甜腻的话，太过苍白
无聊的事，太能生情
你一个坏笑
我就可以痴傻梦醒

想说在我最好的年纪
遇见了最美的你
喧嚣的世界里
你给了我最深沉的宁静

我们的爱情
是和你一起走过的风景
那暖阳下的微风
那缕缕暗香浮动

有没有这样一种温情啊
你细语，我有回应
你走远，我会陪同
你说过的每一句话
我都懂

沦陷

爱你
才知道说出去的话有多重
才知道要走的路有多难
走过去的路又不敢回头看
怕一回头
就再没有勇气陪你继续向前

爱你
才明白原来生活的节奏
可以快得像闪电
一眨眼就是多少个夜晚
所有的夜心惊胆战
怕你来了，踪迹难寻
怕你走了，我没看见

爱你
不能有太多假设
话多了误会，事多了难堪
你说过的转身
我以为就是永远
你说的爱我
我总以为你不够果断

多想一句话
就对你说尽这一生的爱恋
多想一个拥抱
就陪你把这一生的情路走完

爱你
才能体会到
进退不由自己
一切都是你说了算
多想在你面前反抗一下
反抗你的柔美知性和温暖
怕自己陷得太深
从此再没有改造自我的果断

我输了
在你面前，彻底沦陷

梦想

我听到
你来敲门
激动到手颠脚颤
凝望着你选择审视的神情
感觉到狠狠地被抚摸了
我卑微的灵魂

这一次
你离我那么近
着急的我
想一把
把你抱紧
怕你倏然闪过
再不给我丁点兴奋

在晃荡的人群中
我始终坚持着自己的抉择
同时看到每个人
都在祈盼着你垂怜的
无助的眼神
而你睥睨所有人的气质
确实
如寒冰一般冰冷
如磐石一样坚硬

睁大眼睛
透过漆黑的夜幕
拼命寻觅着
你难以捕捉的身影
追逐着
你给的人生输赢
如今
你闪转跳跃的姿态
猛烈刺激着我紧绷的神经
每一个不眠的夜晚
我的床前来来回回
都是你骄傲的身影

颜色

一段无声无息的时光
从心头匆匆划过
这一天你优雅地来了
这一天你留恋地走了

一个一个瞬间
凝聚成每一次
难以告别的时刻
该过去的最终过去了
该来的却还没有着落
我多想用一个华丽的转身
把你狠狠抱进未来的生活

山水寄托的深情
你是否能够长久记得
放眼旅途的激情
是否还在下一站等着
最深情的告白
总在你准备转身离去的那一刻

这一天
你安静地看我
从远方慢慢走来
在你心上轻留齿痕
撕咬掉你生命中的所有蹉跎
在一个泣不成声的夜晚
把整个暗夜涂抹成血一样的颜色

那天

我陪你去一个地方
那里有山有水
还有我的幻想
幻想着你不会走得太远
幻想着你一抬头
就能看到
我凝望你的双眼

那天
我陪你去另一个地方
我看到你的手
紧攥着未知的瞬间
我看到旁边坐着的你
含着柔情蜜意的眼
去哪里已经不再重要
因为到哪
哪里就是方向

我想再带你去个地方
路上不要说话
到了目的地
不要让你失望
我轻轻抚摸你的手
你的心会愉悦地颤抖
我如果说爱上了你
你一定会觉得
那是你给我的自由

出走以后
不用考虑时间长短
不用在意白天还是夜晚
你一张口
我就明白你的所念
你一挥手
我立刻就会蹦到你的身边

当夜晚到来的时候
我会把你放好
你微露松软的香肩
一低头
我的双唇含在你的齿间
梦中
你微微地一颤
所有的一切
尽入我的双眼

你说，坏人
我想逃
我说
亲爱的
晚了，太难

边缘

那一刻
我觉得自己很孤单
看不见五彩斑斓的未来
也看不见你柔美的脸
怕，这个无趣的世界
要一个人走完

你的柔弱健硕
我已亲手抚摸过
你的犹疑果断
我也都已慢慢习惯
你轻描淡写的一个转身
给了我想象的最大空间

没有想过要大声呼唤你
担心，哪怕丁点
过于着急的声音
都能让你躲进云层里
消失在人群最边缘

一个热烈似火的清晨
连着一个告别的夜晚
从此，你的身影
在我奔腾难驭的心中
一刻不停地腾挪闪转

一个瞬间
我的世界小到只能装下你
可是，我依然不敢转身
怕一转身，天翻地覆
怕再回眸，寻你无端

你，只用一个热吻
就震惊了我沉寂的灵魂
同时，也带走了
我埋藏已久的全部思念

目的

这世界如此大
大到分不清南北
看不出东西
这世界又太小
小到方圆尺米相距
非是有心难再相遇

生活
可以纯粹到
只剩下灯、书、我和你
却又复杂到
十指相触
好似舢板远渡巉岩难移

有时候
话到嘴边再难张口
事在人为，也只是说说而已
因为你
我对这个世界充满了恶意
想倒转乾坤
只为留下瞬间，适时相期

所有的风情万种
都是因为隐忍、信任和情意
爱之深的轻描淡写
感受到的
却是命运里的厚此薄彼

每一次的伫立不舍
和凝思远望
我都告诫自己
在情难自抑
缘非久聚的世界里
任何人和事都不能久视
怕眼泪掉下来，如洪流一般
瞬间淹没了我和你

为人，诺不轻许
但是，若非经历
难懂守护的意义
爱你，才是目的

父亲

不经意的瞬间
我会听到你讲你的过去
多少次我只是很随意地听
却从来没有意识到
那是你在述说自己的辉煌与理想
是我没有来到你身边时
你对自己青春故事的回忆

多少次面对你
多少次在你的注视下远离
在那微不足道的庭院里
你那看似漫不经心的踱步
流露着浓浓的护犊情意

这么长的岁月
如此多的事情
我庆幸在你知天命的节点上
理解了你

我努力
认真体味你的追求与生活
从那一刻起
我的理想与执着
将与你一起共进退
共撑这一世风雨

这个家
现在所有的一切都是因为你
我一次次地
想通过自己对你的了解
模拟复盘你的过往
如今你说过的话
每一个片段闪现
都督促我拿起笔
记录下，我心中永恒的你

我一直不知道该怎样描述
你跟我之间的父子情意
直到有一天
听到你说“咱爷俩”时
突然之间
我的心中翻腾起浓浓的暖意
眼睛里却早已溢满了滚烫的泪滴

散场

有些事
一想起
就心绪难平
有些人
一回忆
就波涛汹涌

那些说过的话
言犹在耳
那些用过的情
久久不能平静

离别欢歌
站台相送
一转身
即是天涯海角
再回首
月影落寞独自飘零

曾经的狂想
已如秋风落叶
顺水漂流
泪已干
情已冷
再温情脉脉
已无关疼痛

转过身
就不再回头
心中
深藏的
是永远的笑脸
眼中
抹去的
是彼此离去的身影

结果

曾经所有的光辉
就在此时此刻
伴着这声声的愤怒
露湿青莲无痕滑落
话，已不必多说
事，已无须再做

为了牵系身心的希望
孤独地活在
自己以为的世界里
祈盼聚沙成塔
以血汗
换得一个富贵的巢窠
为此我无数遍谦抑地
面对一次次错误的指责
忍受着所有不堪的落寞

谁不曾
看到我默默耕耘
铁犁带火
谁不曾
听到我如鹰嘶吼
锐眼饥渴
多年鏖战
换得轻轻一句
负我

只有当我决定
彻底放手的时候
才会有人发现
逝去的时光里
低估了
我推倒一切
重新来做的勇气
和九死不悔的执着

为了心中
那自由的一刻
多少次
放任自己黄金般的岁月
悄无声息地流过

一生
不过
荣辱
二字

我担当得起
如山一样的重托
却不知
是谁
能给我一个配得上的结果

生活

有人
说着别人说过的话
做着别人做过的事
观看着别人奔跑
仰慕着别人的崇高
自卑着自己的渺小

有人
羡慕别人的生活
眷恋着别人手里的玩具
思念着别人床上的老婆
觊觎着别人的夜夜笙歌
哭泣着自己无声中的堕落

有人
把别人当作英雄
幻想着别人如何驰骋寰宇
意淫着别人的自由放松
卑微地成就着别人的美梦
愚蠢地放手自己命运的倥偬

再给你一个百年
你能否做到只为自己而活
不再关心这个世界的对错
也不再醉心糜烂自己所谓的孤独寂寞
不再揪心别人的痛苦欢乐
也不再悔恨自己曾经多少次被别人冷落
开始学会漠视无关本命的所有蹉跎
开始学着轻声细语地述说
要死，就让自己死个痛快
要活，就让自己活个光明磊落

回顾

所有的物是人非
摆在眼前
所有的优雅人生
不忍细看
时间
一分一秒过
誓言
一天一天淡

我想要的一种岁月
能够照耀我的成长
我想要的一件事情
能够成为我的战场
我想要的一个结果
能够
让我永远疯狂

未来的所有事情
不再细分对错
未来的所有美意
不再庄严承诺
我不放弃我的选择
我想要的尊严
能够成就每一次的执着

我知道
这是一场繁难的经历
这样的选择注定孤独
这些说过
不再做任何陈述
继续前行
不再做任何回顾

懂得

我过着自己想过的生活
自问
从来没有
把另一种人生
轻易羡慕过
这样的我
因为无心比附
所以对内心的向往
有着最善意的执着

在炽热的风中
克制着欲望的烟火
默默耕耘
用脚步丈量过的
每一片葱郁的山水
每一个无声的角落

冷眼，看看你的不屑
鄙视，听听你的妄说
你既然不是先知
就不要再随便
把一个人的奋斗肆意指责

从来不对身外之物
做一句辱骂
也从不问付出这些
是否值得
你对我的追问

是一种执拗的逼迫
我回应给你的无视
可曾让你心中
产生巨大的失落

你是否知道
有一种生活
与价值无关
有一种是非
从来不分对错
我自述的光辉岁月
已经不关生死
也无涉富贵停落

如今
你曾讪讪讥笑过的灰色人生
包含太多深意
现在的你
已经永远不会懂得

斑驳

所有的人都在身边
所有的愤怒都在呼唤
我想安静地观看
这周围的真实抑或虚幻
我想耐心倾听
这声音水波一样
飘得越来越小越来越远

每一个伟大成就的背后
都有着
琐碎累积成的困难
英雄一样的人生
都有着
不被理解的瑕疵污点

放弃或者坚持
这是自己跟自己
最纠结的谈判
所有的事情接踵而至
所有的人生交叉表演

理解，锻铸信念
鄙夷，变成负担
成就，点缀誓言
执着，死而无憾

温情，已经慢慢遥远
蜜意，深深折在唇间
爱，已不再轻易说出
情，淡淡地若隐若现

亲手
打造的这斑驳世界
我用自己的生命
勇敢承担

追寻

岁月不经细看
风雪掩藏流云
不是每一次转身
都有人
伫立凝望
不是每一次相见
都有人
泣泪对饮

寂寞的生活
难以安慰孤独的心

有人说
熟悉不等于信任
亲情不包含温馨
玩伴不适合考验
活着不代表生存

我

信

路，越走越远
心，越走越散
不是
每一种坎坷的生活
都会越来越平顺
也不是
每一种复杂的人生
都会越来越安稳

你的希望
暗生着别人的仇恨
别人的梦想
摧毁着你的追寻
曾经有那么一刻
我的心整个都为你沉沦
如今
再回望你妖娆妩媚的身影
依然忘不掉
你那慌张而又惊喜的眼神

情怀

有的人，走远了
不知道还会不会回来
有的事，结束了
结果却总是令人意外

每一种讲述
都是一个人的告白
每一种人生
都有回忆默默等待

我尝试着
用卑微写下伟大的时代
用灵魂书写旖旎的未来
我的私情含着我的公意
我的敬重成就我的慷慨

这世界是如此甚嚣尘上
每一种愤怒的声音
都在挣脱那无尽的悲凉
如果我能拥有一个梦想
那么
我选的方向
能够成为别人的信仰
我指的道路
能够成全别人的疯狂

带着心无旁骛的情思
走在没有尽头的路上
不是每一处山水都是风景
不是每一种人生都是幻影
不是每一粒石子都是伤害
不是每一次锤炼都是障碍

曲折蜿蜒的日子
孕育着
简单而又温暖的情怀
点点滴滴的执着
成就着
无以言表的光辉时代

目的

我告诉自己
这个世界充满善意
每一次付出
都会得到应得的荣誉
每一次向往
都能看到那遥远的距离

我会时时想起
每一个认识的人
在我心中留下的深深记忆
我会不停地翻看
做过的每一件事情
在身上嵌刻的印迹

每一个不眠的夜晚
都有伟大的梦想
照耀我的床笫
星光璀璨光辉熠熠
于是
我伸手抚摸这月夜的风云
哈气吁暖
这怀中凝血一样的目的

这看似温暖的世界
缺少关注的目光
没有热情的善意
你看到的我的世界
烟雾缥缈婆娑迷离
你的眼中我的岁月
步履跌宕言语徐徐
多少次告诫自己
如若不懂
何必苦持
如果不知
何必在意

走过的每一处风景
不为展示给别人看
说过的每一句话语
不为讲述给别人听
我固执地相信
你若心中有我
自会明白
我对这世界
淡淡的情意

呼唤

每一个动人的故事
背后都会有一张
含蓄落寞的脸
每一次下定决心的出走
都有无声的步履
慢慢纠缠

悠游自在地走在
散淡的月光下面
安静中的每一次回望
都有一个理想的鬼魅
伏在我的双肩
那炽热的气息
一阵一阵飘过
那明亮的眸子
光芒忽闪忽闪

不羁的青春岁月
践行着最伟大的实验
别人口中的山水风景

离我是如此遥远
有人站在山巅
忙着展臂挥手
我却疲惫地放眼遥望
前进的路途还有多远
烦琐无序的声音
响遍每一处山谷
倾听时
展示着一种成长的心境
赶路时
汇聚成嘈杂的成熟羁绊

目标既定不避流言
任人评说随意观瞻
再多的退却欺骗
再多的耻笑流言
再多的好人相劝
再多的道阻艰难
所有激情澎湃
翻云覆雨的岁月
都难抵你一声
来吧
敢于掌舵自己命运的人
这一声
轻轻的呼唤

回头

有的人
挣扎着度过了
被漠视的每一天
没有一次温馨的厮守
不是带着难以沉睡的羁绊
没有一次执着的牵手
可以轻易聚首

有的人
在最艰难的时刻
凭借微不足道的勇气
就支撑了那长远的奔走
当他要为自己摇旗呐喊时
擎举给世界的是皲裂的手

所谓的风景
只有在过客的眼里
才会被决定去留
在熟悉的道路上
很多人
放弃了最初的坚守

如果世界
你不能给我
一个难以拒绝的理由
那么让我如何
用生命去坚持
对你不懈的追求

随着时光慢慢淡去
去留，那是你的自由
但是
在我自己选择的旅途上
我为自己想好了一个
艰难困苦
还要继续坚持的理由

如果还有这样一个
需要解释的时候
所有的理由
都不再是理由
所有说出的话
算是一个借口
所有要走的路
不会想再回头

追求

我想一个人
就这样安静地坐着
想想每一个我遇到的人
想想每一件我做过的事
多少人擦肩而过
多少事野心勃勃

如果回看历史
就能参透人生
那活着该有多么虚无
所有的规律
一遍一遍地应验
而新的生命
却在不断登台表演

每个清凉的早晨
都想做一个
看见日出的人
看着周围的世界
由黢黑变得明亮
就能深深地感觉到
生命在开始新的生长

想把自己周围的世界擦亮
却总是看到怀疑的目光
很多时候想停下来
解释一下给别人听
然而总是犹豫
这样做会耽误太多行程

多少人
来了，又走
不想在意谁的去留
多少事
环环，相扣
也不想因为谁
误了
这一生的追求

伍

多想一个人

在路边看惯了
匆匆忙忙的人群
却忘了自己也在这人群中
追逐着自己
看似无法触及的理想
理想太遥远
多想你能一直陪在身边
可突然有一天
你说，我可能会走
你不知道我有多么害怕
瞬间沉默，不敢说话
不敢再看你，怕多看你一眼
就泪如雨下

最理性的时光里

我在最理性的时光里
等你到来
等你一句温软的情话
等你一句执着的告白
追，是因为急不可耐
等，是因为心有无奈

我把最善良的心思
用在你描述的未来
从不问你应不应该
从不关心你怎么回来
你说
我不是唱戏的
需要油头粉面才能登上舞台
我不是学画的
还没有开始
就要想着怎么留白

我把所有的心事都埋在心底
把所有的志得意满写在脸上
是路就要坚持走到尽头
恨了就不要再问爱或不爱
需要解释的人生
才是真正的苍白

在我认为最理性的时光里
我一直坚信
时好，独有蜡梅映雪开
人美，自然清风扑面来

看淡了岁月

生活里总是风波不断
该来不该来的
看似都那么偶然
看淡了岁月
却把人，看得越发长远

熙熙攘攘的喧嚣
掩饰不住
沉默中的号叫
走走停停的生活里
我能捧出无限的风光
却不知道你是否敢要

看着你一步一步走远
整条街的灯光都黯淡了
你来，我把心门打开
只为迎你
你走，我把心门紧闭
只为回归自己

时光总是太过着急
故作无所谓的迎接
故作无所谓的告别
终于
等到未曾把容颜看清
已然分不清东西

想用一些色彩
勾勒出寻觅的未来
里面有你一抹身影
格调不要太过凌厉
要简单直接，要深沉文艺
生命的画布，可以无限延展
而你，要一直逡巡在我的心里

我把我的浓情送给你

爱人
用你那如花般的芳唇吻我
用你那疯狂的渴望
来填充我心灵的饥渴
我是那么的需要你
而你
每一次都把我对你的渴求
轻轻地躲过

当我开始灰心丧气
你又送来温柔的抚摸
我想要抓住你的手
你却又一次
像秋日的树叶
从我身上匆匆滑落

我能感觉到你的气息
可我却打不开你的心锁
你一次次到来
又一次次离开
如果你不敢爱
为什么不表现得更加脆弱
如果你有勇气爱我
那么请让我看到你对我的执着

既然敢爱
那就给自己一个结果
我想
你是想爱却又没有勇气
抑或爱我
却又想让我
对你有一个神秘的猜测

爱人，现出你的真身吧
用力地爱我
只是求你
不要再用你的魅影撩拨我的情怀
也不要再用你的柔情刺激我的情爱
既然我们已经相爱
那么
我把我的浓情送给你
你把你的纯洁献给我

想着有一天

想着有一天
能满怀真诚地把心掬给你看
让你看一看我给你的疼爱
比天还蓝
比碧水还纯净

想着有一天
能满怀期待地等到你的呼唤
让我听一听你给我的柔情
比月还美
比梦幻还空灵

想着有一天
我把自己毫无保留地交给你
任你参看
随性翻检

想着有一天
我会获得一种技能
面对你渴望的眼神
我能完美地处理好
所有扰你心乱你意的芜杂事情

想着有一天
你会理解一种心情
爱有爱的幸福
情有情的归属
你能安稳地相信我
目睹我，如水一般的沉静

多想一个人

多想一个人
坐在天边看风景
没有人事的羁绊
没有情感的纠葛
多少次安慰自己
那忍忍
就能过去的煎熬
夜深人静的时候
还是能够听到
深深爱意里
充满疲惫的哀号

在路边看惯了
匆匆忙忙的人群
却忘了自己也在这人群中
追逐着自己
看似无法触及的理想
理想太遥远
多想你能一直陪在身边

可突然有一天
你说，我可能会走
你不知道我有多么害怕
瞬间沉默，不敢说话
不敢再看你，怕多看你一眼
就泪如雨下

你是一道风景
我多么渴望理想也能一路同行
不要看丢你身上任何一个细节
不要错过你留下的任何一点行踪
不去想看不见的时候你好不好
不去想所有的事情了没了
也不去想你现在的生活
艰难困苦的时候是否有依靠

多想一个人
可是，我真的做不到

如若不是与你相聚

如若不是与你相聚
何来此生泣血追忆
那一段水月似的年华
在你的闺前娇喘唏嘘

没有一个你
没有一个我
没有一段感情的开始是因为游戏
也没有哪次分离就是最后的结果

曾经再多的话语都打不破
你幽灵一般的沉默
曾经再多的许诺
都难换你
一个馨香的结果

在你面前我幻想过很多很多
不想你的人生就此落寞
你说过的走和留
曾经如刀一般在我心上镌刻
层层碎屑如雪飘落
划过夜空
梦里飞过

当你说要走时

曾经当你说要走时
我不知道该如何挽留
多少红尘岁月都已过去
欢乐的继续欢乐
忧愁的继续忧愁

有时候我会看见
往事被撕成片状
整齐地挂在我的门框
当我进出往返时
你的倩影总是留在我的心上

怀念的总比得到的多
我想这一定是一种妄言
如果真实情况如此
一种相思岂不打散所有的姻缘

足够的诚实我已做到
哪怕对你说半句谎言
做星点欺骗
那都不是我的所思所愿

再华丽的赞美
都会瓦解溃败在你回眸的神情里
我全部心思的疯狂都源于你的垂怜
每一次当你说要走时
请你再深情地多看我一眼
如此
好让我在灵魂深处
也把你沉稳庄重地爱恋

爱你，不愿心存一丝杂念

爱你，像昼
光明而不容一丝黑暗
爱你，像火
温暖而不染半点微寒

那过往的时光啊
那似水的流年
春梦易觅
美人难见

诗里的文字
春意甜美
你的体香
惹人怀念
相思是如此的朴素和淡雅啊
相爱却是那么的热烈和浓艳

相爱的门只有一扇
开启就是永远
不是每一份感情
都要用哀怨做铺垫
既然爱着
那又何必害怕情意癫狂心思迷乱

尺素鸿雁
亲切而又遥远
何种笺书能说尽平生对你的思念啊
载你归乡的又将是哪只舟船

相爱的人啊
不是太懦弱就是太勇敢
如果你想我了
那么我就一定会出现在你跟前
吻你
并不是我不庄重
而是爱你
就不愿再心存一丝杂念

你是我的草原，我是你的苍穹

我看不清这世界的文明
也不懂得什么是十足的野性
我只相信在我不曾到过的地方
肯定还有着另一方神秘的天空

在那里，每一捧河水都是那么纯净
每一声呼喊都有回声
就连每一株植物也都有感情
听，那动听而又美妙的歌声

美好的事物是那么令人向往
又是那么令人憧憬
我也有着
许多奇异的想法和美丽的梦
只是，到如今依然难觅你的芳踪

为了这一世情缘
我愿意奔波
愿意跋涉
在这凛冽寒风之中

我多么殷切地希望啊
在你我之间能够拥有一次
原始而又古老的爱情
在那时
你是我的草原，我是你的苍穹

你轻轻地呼唤

我渴望着有那么一晚
整个世界都沉沉睡去
只有我和你手牵着手
满怀情思地走在月亮下面

可人的情话像风一样
轻抚过你的心田
不是我的言语有多么的清洌
是爱
让你跟随我想要走得更远

那将是我心中多么美的画卷啊
爱情
我想我已不必在乎它的考验
在星辉皎月间
我将把我高贵的头颅
深深地埋进你的臂弯

就这样让我美美地睡去
你的抚摸将使我更加地把你迷恋
也不要再轻易地把我叫醒
在这静谧的夜中
我的耳畔
已在彻夜回响着你轻轻的呼唤

我正从你的心上悄悄走过

你的脾性是如此的温和
宽容让你把心托付于我
也许我们会很艰难
只是请不要抱怨生活
没有挫折的人生让我们无法想象
毕竟生活还没有恶意伤害过你我

如果我只轻轻松一下手
你的灵魂就会从我手中飘落
那么，爱人请你告诉我
我想把你抱得更紧
我该怎么做
也许只有对你不懈地追求
才会让我们对爱情变得更加执着

做一个求取完美的人吧
很想很想得到一个结果
既然爱我
那就大胆地对我说
就像，我想要你
就是死，也要解开你的心锁

因为是如此爱你
所以你总是被我的温情所包裹
温暖的烛光里
光滑的脊背后
你是否能察觉到
我的眼泪也在不停地闪烁

爱人啊
当你幽思冥想时
你可曾清楚地看到
我正从你心上悄悄地走过

那条河，深远辽阔

我知道你的辛苦
也体谅你的寂寞
如果有机会
我会把你的额头轻轻地抚摸

献上一个热吻后
再陪你蹚过这条河
河此岸，飘扬着我对你的激情
河彼岸，燃烧着你对我的欲火

这河是如此的深远辽阔
纵使我有万般情
千般把握
未经你的允许
我也绝不敢轻易涉过

我在想
如果你的心中有我
那么，这条河对别人而言
就是磨难般的天堑
对我而言
却将有你的心船渡我
桨声悠悠
柔靡而过

等待着……
等待着有一天
你忍不住轻轻地呼唤
然后倏然间
在你的床帷边
我会闪电一样出现
默默静坐
屏息望你
深情婆娑

你说，亲爱的进来吧
轻轻地，在情深意切处
兵戎相见，大动干戈
迷离间……
看着你沉稳地睡去
忆想着你给的爱恨旋涡

我的万年你一天

我不想再用如果那么
来假设我们的生活
因为所以又能填充多少
温馨而又迷人的诗歌

甜言蜜语
何以能把我们的爱情诉说
戒指玉环金镯
是谁
能阻止岁月无声无息地滑过

我不是金石玉器
没有牵扯天地的威力
只有在你的心中
我的灵魂才不至于脱落

我们的爱情是我的
也是你的
我愿用一生陪你
走过这岁月无情的蹉跎

我走近你可能需要一万年
而你走近我也许只要一天
即使这样，仍然选择
让我慢慢走近你吧
只有这样
才能用我的苦难
证明我爱你
爱得执着

襟袂柔肠

我不再迷信青春永驻
这样的谎言
如果是一直孤独
纵然命比天长那又怎样
我不相信一个人的岁月
可以媲美情绵绵意长长

如果说年轻不懂得什么是爱情
那么我青春的韶华将在谁的旗下舞动
如果我的反抗得不到哪怕一丝同情
我仍将毅然坚持对我信仰的忠贞
做一个有血有肉敢爱敢恨的青年人

你的美丽让我痴迷
你的宁静让我心荡神漾
为了一睹你的芳容
可能我曾经的举动过于鲁莽
只是如果你还记得
当初在我的衣衫下
你的双唇落在我的舌上

你的温柔支起了我的梦想
你的双手遮盖了我的心窗
你的情话抚慰了我的忧伤
你的岁月撑起了我的天堂

转眼之间
几年的光阴似离弦之箭
射穿我们的脚掌
昨日的思念
还停留在我们曾经去过的地方
未来的年华
绚丽而又像花粉粘在蕊上

如今聒噪的喉舌
爱上安谧的柔肠
你爱的是我爱你的情怀
我要的是你柔美的壶觞
我的心思萦绕你的襟袂
你的柔情爬上我的胸膛

你与城

爱你却不知道会不会有结果
激情过后难免一场失落
不是爱上你就是一种错误
而是因为你是一个女人
那就要有自己的幸福

一年又一年的思念
一夜又一夜的狂欢
不是悲欢离合总是不离人间
而是缘定三生
怕你我今生无缘

痛苦的一次离别
要带走我几年的心血
你走的时候
我挥手向你告别
怕你在路上
心情会沉重
怕以后的日子
想你
会一夜连着一夜

世间事太多荒唐
你如何能明白
我爱你还寄托着一种希望
虽然你已经远离故乡
可你的心还留在我的心上

你说慢慢地
我们就会把彼此淡忘
只是你可能已经忘记
即使是已经枯萎的花朵
它还残留一世芳香

你是一个温柔善良的人
我就是你居住的那座城
此生
我就建在你的身下
你就住在我的心中

翘首遥望的身姿

遇到你之前
我曾想
人生不过如此
生命不会再起涟漪
匆匆地赶来
匆匆地离去
忙碌地生活
不留一点痕迹
不想未来
也不再回忆

世界如此喧嚣
生存的道路
又是如此拥挤
回首行程
没有半点新意
来来往往的世界里
我在彷徨
彷徨中想重拾生命的意义

无聊时
叹息一下
岁月里的前瞻
只是为了那一段忘记
岁月里的那一低首
也只因藏有难以割舍的思绪

我又想
怎么会遇到你
若隐若现
蝶一样翩翩
花一样的女子
那一刻
你的出现
让我的人生
多了一种
翘首遥望的身姿

玫瑰与香草

默默地分居两地
中间横亘着岁月的蹉跎
思念，你让我怎么说
一枝玫瑰如何能理解
捻在一起的
两根香草的快乐

因为有了你
我也便懂得了什么是寂寞
相爱，却又不能团聚
两颗心又该是怎样的一种失落

你一直问我爱情是什么
好吧，让我来告诉你
我想了很久的结果
留给世间一份真情
多点人间一盏灯火

影像

我已很久没有再见到你的模样
多年以前
当你我还未相遇
我的心中便已经有了你的影像

那时的你
那么的年轻且又神采飞扬
当我终于来到你的身边时
却早已满面风霜

看到我
你哭了
你说
“这世界给你的命运太过沧桑
一份真挚的爱情
如何能承受起万年的流浪”

我开始沉默
我想
也许是我的选择太过悲凉
所以
一万年的跋涉
在我心中
留下了太多太多的忧伤

不是爱情对我残忍
而是神灵诅咒我
爱你
不能如地久如天长

既然如此
爱你永远不会得到原谅
那么我将毅然选择
把神灵逐出我的信仰

不是每一条溪水都能悠长
也不是每一汪海洋注定宽广
一个人的心思
怎能装下如此多的惆怅

爱我，你只要一下温柔的抚摸
而我爱你
却要
艰难跋涉步步饥荒
声声呼唤情莫敢忘
这激情何时停止啊
花香不散永世张扬

如果在那一瞬间

如果在那一瞬间
我自此失去了你
我该怎么做
才能原谅我自己

不是每一件事情
都会按照计划实施
也不是每一个人
都能领会对方的情意
不计后果的一个举动
你可曾想过
那一瞬间你会改变所有人的天地

默默地看着你离去
难以平复心中纠结的情绪
想要带你飞向蓝天
转眼间却让你碎心坠入污泥

那一刻
什么话语都显得多余
任我解释
何如你意
痛哭失声的夜晚
你的无声击碎我梦的风雨

所有的伤害都是因我而起
本想爱你更多
我给的伤害
却总是如影随你

一点点地磨蚀
磨蚀掉你心中所有的甜蜜
一个大大的诺言
烂进我的心里

如果还有一天
如你所愿
我不敢再抚摸你
但是请你仍然相信我
相信我一直都在爱着你

她和一朵月季花

她从花坛里
偷偷摘来一朵月季花
捧在手里问我
喜不喜欢它
我笑而不答

她生气了
一脸的不高兴
那朵月季花
也好像瞬间失去了光华
她说
我特意偷偷摘来给你的
我以为你会喜欢

看着她孩子气地
倔着脑袋说话
此刻我眼里的她像它一样
葳蕤绽放完美无瑕

午睡醒来
在她手心的月季花
睡前还是一个含苞待放的蓓蕾
这会儿已经张牙舞爪热烈绽放

我在她柔滑的手指上
轻轻地弹了一下
说，你把它拨开啦
你瞧它的样子
又是害怕，又是惊讶
它至今还是没有长开
对爱情充满渴望的一朵小花呢
就这样被你无情地摘下了

她怒道
我——喜——欢——它——
它，早已经
被我像小蜜蜂一样，吱吱响地爬过啦

我笑，不再说话

对你的追求

亲爱的请你过来好吗
我已很久没有再牵你的手
你的眼神已不再像曾经那么俊秀
我在想
也许这就是岁月对你无声的问候

转眼间
你已花冠怒放
没有了破苞前的娇羞
那一弦之间的律动
胜过暗淡中千年的风流

我希望
当你需要我时
爱情，能时刻守候在
那烟似流水的田畴
当我寻找你时
你也不再紧闭那清炯的双眸

看我苦苦地追寻
如果你只是一味地躲闪
那么我的手中
将重攥谁的温柔
爱人呐
如果爱我
就请不要辜负我对你的追求

如此地爱着你

我的血液从今以后
将会永远流淌在你的身体里
你可知道
我是多么爱你
在你的臂弯间
我听到了
你曾经暗许的诺言
今生我只属于你

你的信任
我会用一生铭记
我会时时检视你轻轻的齿痕
给我留下的疼痛的记忆
正因为怀念着一种疼痛
所以爱上你是我的福气

不要讳言你我之间的故事
纵然你我不说
仍旧还会有人把它记起
这，就像青石板铺就的巷道
雨后的路面即使再滑
也还会有人
轻——轻——地——踏——上——去

前方的路无论多么迷离
请坚定地走下去
如果感到害怕
就回头看一眼吧
你会看到
我的目光一直追随着你
你——
会重拾前进的勇气

和你一样我的爱人
我也在苦苦寻觅
渴望寻觅到另一种
不要求它有多么华美
却能完整表达
我对你情爱的诗句

尽管如此
我仍是如此的笨拙
竟然连两个简单的词语
也无法完美地组合在一起

赧颜羞涩的爱人啊
请你原谅我吧
原谅我只能温情脉脉地写下
今生我是如此地爱着你

爱情，这旷世的谎言

也许是玩笑开得太多
所以你也就无法再感受到
我对你无尽的关心和刻骨的思念
少见了你一次
多牵挂了你十年

你的意志还是那样柔弱
你的心思仍旧那么敏感
告诉我
爱情诞生了多少天
告诉我
爱情诞生了多少年
爱人啊
我真的没有想到
温馨背后
羁绊也能成为你的心愿

为了把我们的爱情
编织成一幅美丽的画卷
为了把这绝美的画卷
呈献给伟大的神观瞻

我竭力把所有美好的感情
定格在一个又一个瞬间

然而——
我不明白
为什么我如此爱你
却常常使你泪流满面

你的眼睛向我闪烁着难解的诱惑
为了穿透你柔美的外表
走进你的心里面
我的双脚赤裸地踩在碎石上
背视鲜血彳亍向前

请你再告诉我
我的灵魂
又是何时
才能通过你所谓温情的考验

如果说
爱情，注定是一场惊心动魄的骗局
那么，就请让彼此用最真诚的心
勇敢地接受这旷世的谎言

陆

此去归程

此去归程，遥遥无期
山障水阻，万里难计
行，再无踪迹
言，亦难有声
一路平安，恕不远送

深深地爱着你

我不是一个寂寞的人
因为我的身边有你
但是，我心有不安
你拥有着一颗不平静的心
对我们的感情
你有着太多美好的记忆
那忧悒的晚风
吹着轻轻草丛中的花枝
那场场凄凄的细雨
轻轻地洒下
寂寞岸边孤独的你

在一段并不坦荡的日子里
为了能够真心相爱
你和我开始颠沛流离
正是因为生活的繁杂
所以我是如此地爱你
生命中的风雨
已经销蚀了我太多的话语
你的心也开始变得不再安静
犹如
湖面清波泛起层层涟漪

也许是我们的爱情
如诗一般太过美丽
所以你的表现总是那么小心翼翼
我理解你全部的心情
毕竟，爱情不能一直在誓言中度过
蓓蕾的营养也不能总在瓷瓶中汲取

爱人啊，听我说
那些逝去的甜言蜜语
并不代表我对你的爱在渐渐远离
愿你能由衷地明白
我对你的真情实意
请不要对我们的爱放弃努力
如果未来你有所懈怠
那么
我将以美玉碎裂的声音震慑你
从此以后
轻轻地离开
转过身就不再想怎么回去

我想对你倾诉的还有很多
只是岁月的平和
又让我不知从何说起
原谅我每次面对你时
总是平平淡淡的一句
我一如既往深深地爱着你

这夜，难以静

这夜，难以安稳
这夜，难以静
这心，如此悲凉
这心，如此冷
这人，我值得
这人，你却不值得
道阻沮丧艰难困厄
未曾经历自不会懂

这是一个表面繁华
内里苍凉的世界
我不明白你的恐惧
你也体会不到我的疼痛
同袍取义
多么虚伪的感情

我放手安稳的生活
踏上这不羁的路径
你看，你不必懂
你说，我不必听
你诼，我自成形
你侮，我自有声

这样的夜与失眠为伴
那样的情彻底扇疼
待到我艰难走过
玉汝于成
面对这如日中天的事业
那时的你
又何必自作多情

留恋·如果有一天

如果有一天
你看到我不再温情脉脉
那是因为我没动
而你却走得离我太远
渐渐淡出
模糊了我的视线
相思梦里久久辗转

如果有一天
你觉得我的心开始冰冷
那是因为你的柔情太过冷淡
幻化漫天相思雨
颗颗连线落地四溅
炙热煎熬沙里飞旋

如果有一天
你看到我的脸上
写满沧海桑田
那是因为你的话语太多利剑
欲言又止昕昕绵软
情由所迫语调艰难

如果有一天
你再转身
看到我已渐渐走远
那是因为你给的背影太过悠长
想要拉回却已没有足够的时间
情长意短慧心雅涵
金石易开寸心难见

如果有一天
你感觉到我的一切都在改变
那是因为我的步履
驻足刹那芳华绝缘
这一天毅然决定
开始新的跋涉
面对过去所有的一切
深情不再
不做丝毫留恋

等来了一个你

明天
会有另一个你来看自己
你可曾做好准备
迎接一个新的天地
过去的东西
很难再随意地想起

我清楚地记得
那时我的世界
净如一张白纸
里面没有一个她
也没有一个你

那时的我
不为谁奋斗
不为谁放弃自己
十年
我
等到了一个她
等来了一个你

我突然觉得这个世界
真的太小
小到一挥手
你就充满了
我的整个记忆
你狡黠地轻轻一笑
我就忘记了
所有我的过去

如戏上演

不知道从哪天起
就不再把彼此思念
也不知道从哪天起
就开始不再见面
开始的最后
只轻轻一句再见
然后就真的
不再相见

世界如此喧嚣
夹杂着彼此
渐渐远去的誓言
为谁哭
为谁笑
为谁
多少次梦里呼喊
为谁
多少个夜晚辗转难眠

我看到
所有的人生
如戏上演
无声的离别
悲剧主宰着循环

往事历历在目
画面清澈入眼
欢歌袅音飘荡
声声沁入心田
没有流年似水
哪有戚戚哀怨
没有句句承诺
何来啮骨思念

所有以青春名义
开出的节目清单
幕布起落
人生却难以圆满
心中向往的方向
在别人眼中
依然是如此不堪

于是
所有日神的祝福
酒神的欢呼啊
都难以掬起
眼角
热泪一行
清水涟涟

烟消云散

如果有一天
你不再呼喊
我不再出现
你的自由我双手奉还
我的岁月你不再陪伴

如果有一天
你的理想与我无缘
我的期盼与你无干
你说的每一句话
都不再惊扰我的心事
我的喃喃自语
不再触碰你的心坎

如果有一天
岁月不再多情
叮咛不再柔软
我每一次落泪的敲打
都不能重启

你曾经发出的誓言
你沉默世界里的决绝
把所有简单的温暖
一点一点折断

如果有一天
时间能够倒转
你是否知道我想问你
你的情感是否依然绵绵
你的世界是否依然简单
多少次你在默默地祈祷
就有多少次
我在你身后默默地看

如果有一天
你后悔当初五彩斑斓地
出现在我的面前
然后轻轻一声叹息
毁掉我一世期盼
在你选择的
最后一个瞬间
我的激情岁月
彻底烟消云散

形格势禁的寂寞

如果我不曾开始
不会有现在的结果
这中间的是非曲折
是我没有想到的
有些人不必再见
有些话不用再说

你轻轻的诺言
让所有的希望瞬间复活
然而我不能轻易问
你也不愿再多说
这诺言背后的焦灼呀
一遍遍地诠释着
什么是写实主义的生活

所有的比喻
都在描述想象的生活
所有的人情世故
都在重复历史的传说
人流慢慢走
时间无情过
岁月把多少人逼疯
又让多少人失去自我

直到有一天
我看到
没有节制的欲望
在心中肆意穿梭
所有的功名利禄
都是置之死地的结果

所有的真情是如此苍白
所有的等待是如此窘迫
所有人看到功成名就的事业
却没有看到形格势禁的寂寞

三劫过后
岁月开始很慷慨
而我想要的
已经不多

走过未来所有瞬间

我爱你
我要当着你的面
向你说一次
我要看着你点头
这样的场景
从前没有对你说过
今后也不会再重现

所有正经的话
都在不正经中说完
爱情
一眨眼瞬间
一转身十年
这爱
只跟你我有关

你一直害怕

说要活在当下

说如果全心全意地爱

会不会以后受到伤害

我想说

我不想对你有一丝敷衍

和心不在焉

你曾经迈出的第一步

是对我最恒久的信任

也是我一生中最后的尊严

生活很长久

梦也很遥远

来路还长

让我把誓言重复一遍

如果你愿意

我愿陪你

走过未来所有瞬间

在薄情寡义的人群里

在薄情寡义的人群里
我想把更多的温情给你
只是会突然间
不知道开口怎么说
不知道伸手怎么做

每当夜幕托起的那一刻
不知道有多少个瞬间
你会漫不经心地想起我
想着，这夜晚太安静
想着，这人心太啰唆

焦灼的每一个夜晚
满屏跳跃的
都是我所追逐的梦想和颜色
把自己内心深处的时空
做成一个又一个区隔
这里放下自由和未来
那里放下你和我

说了无数遍我爱你
依然无法让你坚信
我爱你，犹如多年前
我站在午夜归家的站台
面对翘首企盼的
那一晚
最后一趟南下的列车
我是多么地不想错过

无力抗拒

第一次见你
是关于那
一片黄色的记忆
那气泡一串串
感觉你就像是在雨里

那纸上的数字
记载着你复杂的信息
那波纹的起伏
预示着你即将到来的奇迹
那一刻我瞪大眼睛
想知道你是否俊朗抑或美丽
更想看看你是否健康
是否如期发育

考虑着要为你留下
关于妊娠期的回忆
你的手却总是不断地挥起
抱头
捂眼睛
更不配合的
是你母亲挺个肚子
在楼梯过道里
上上下下跑了几个来回
微喘吁吁
而你居然背过了身去
惹得她一阵啧唏

回忆起过去的那两百天的日子
每天看到的都是
你母亲一天比一天鼓起的肚皮
我曾无数次尝试用手摸一摸你
在她的肚皮上画圈
都快画出了沟辙画出了痕迹
你都没有反馈我一丁点消息

我没有一双能够透视的眼睛啊
只有靠想象才能感觉到
你握紧小小的拳头
蜷缩在她那温暖的子宫里

虽然知道你要来了的消息
已经过去了几个月
直到看到你的那一瞬间
我才对你有了亲人的感觉
也才对你
有了关于血脉延续的深深记忆

知道你真的来了
没有任何商量的余地
而且带着关于我自己的双重比喻
从此
被你征服
深深爱你
无力抗拒

牵手我的光华

出走遮掩了焦灼的心
却难抵湜湜的桨声
习惯了悄无声息的生活
收敛了止不住的感动

斩不断的离愁
考验不完的行程
有一个角落
无关理想不念神性

婉拒种种谎言
觅寻一世芳踪
沉醉了我的岁月
重塑了我的梦
牵手我的光华
变换了我的面容

被遗忘的命运

生的将要去死
死的永不复生
这是最后一声叹息
从此以后
将不再有任何关于荣辱的记忆

记住自己的名字
然后悄无声息
像星辰一样陨灭
没有任何污迹
也不结任何孽缘

在一明一灭间
走进荒草坟冢
这是一个希望
也可能是一个
永远难以实现的梦想

已经很少再关心生存的问题
也从来没有人知道来路的方向
一切都是在混沌中蠕动
黑暗？光明？
你说
哪一个才是要走去的地方

如果说链结似的生命
接力的只是一种整体的气数
那么，不知道
还有谁
能逃脱被遗忘的命运

匆匆走过

带着一张弥漫着灰尘的脸
就这样你迷惘着双眼
胸怀满腔的心事
从我面前匆匆走过

面对着痛苦挣扎的世界
不知道
你是否还有心关注
未知的生活
能否对自己
再产生丁点的诱惑

我突然
开始厌恶一种说辞
以苦为乐
对，就是以苦为乐

这文绉绉的世界
是如此的假惺惺
你是否还记得
怀着善心
真诚地去作恶
是这个公平正义的世界
给你上的第一堂课

握在你手里的希望
如今屈指可数
通向自由的道路
不知你是否
抽出时间再次用心想过

生活的面貌
原本就是如此狰狞
人情冷暖
又牵扯着太多太多
而你的未来
却依然像今天一样
两手空空
生或者死都是一样的结果

人生的希望
对你而言
就如这个冬天里
枝头上的冰雪
轻掸一下
烟茫四起簌簌滑落

终于还是拦不住你匆匆离去的脚步

你总说开始就是一个错误
疯了这么久
想要的依然没有得到
追求的至今没有抓住

我见过你多年前的相片
那时的你
天真纯美
眼睛里满满的都是幸福

我攥紧过你满是手汗的小手
那时的你被吓得小声哭
连坐下喝水时
都能强烈地感觉到你开心得恍惚

从一个地方去向另一个地方
所有的路上都是你在巴拉巴拉地讲
听着你笑
看着你哭
你的气息把整个空间
弥漫得兴奋过度

那时的你开心
而又带着小小的满足
对未来的生活充满期待
内敛沉稳而又大方成熟

生命的无常
给了你太多酸楚
我很少听到你对生活的抱怨
但是我真的理解你的痛苦
你嚷“理解有什么用”
于是我噤声不再言语
不知道该怎样回答
才能消解你那满腔的愤怒

每一次都是高兴地来
痛苦地走
你伤心时
我连轻轻摸下你的头
都不敢向你伸出
你所谓的肮脏的手

我想告诉亲爱的你
只要你能实现自己的安稳
哪怕锥心的痛苦
我也愿意收回对你的关注
放弃对你的占有
接受你所有的顽固

一次次踏上那门前的青草
重步那脚下绵绵的路
终于还是拦不住
你匆匆离去的脚步

对或者错

我不是一个喜欢热闹的人
繁华的场景
总是让我感觉失落
为了守住心中的这份真实
更多时候
我选择
——沉默

你总看到我很坚强
却从不曾看到
泪水在我的眼眶
幽幽泛起重重跌落

只有当我双手沾满墨香
才能感觉到
——人，不再孤独
——心，不再寂寞

生活里的事情
过去了
就不要再有太多回忆
如
长久的分离
很难有一个好的结果
不是人心变了
而是你或者他
经不起黄金一般的诱惑

千里奔波
日升月落
互诉衷肠
念念不忘
生命中的过客而已
何必在意
那么多的对或者错

面对着
这如水的年华
轻轻起身
嫚披锦袍
哑然走过

多年以后

多年以后
你是否还会记起
我们一起走过的路口
在恍惚迷乱的岁月里
你是否还念着年轻时的守候
当我双手布满裂纹
你是否还会在意
是我把双手再一次放在你的胸口

人生
多少喜乐和忧愁
来来往往的人群
一个一个
消失在路的尽头
再回首
你会发现
只有我亦步亦趋
跟随在你的身后
一直默默陪着你走

太多的风烟熏疼了眼睛
看到你的眼泪静静地流
我的心就会剧烈地颤抖
我会想起
曾经答应过你
想象你
拥有一个贪婪的小背篓
关于我给你的爱
你会觉得
给得再多
总也装不够

生到尽头
再回首
你陪我走过的这段岁月
在整个天空突然昏暗
周围的世界
一片浑浊迷乱的时候
沉沉睡去的你
当你醒来
会发现
睡梦中死去的我
仍然紧紧握着
你
伸向
我的手

义无反顾地狂奔着

坚持了那么久
就为了一句
不知道真假的诺言
你随口一说
我就当了真
不知道
是因为你太过放荡
还是我太过痴狂

如果从一开始
就知道结果
不知道多少人
还敢大言不惭地说
我是下过决心的
你随口一说
别人却也轻易地信了

换作是我
有时候一句话不说
你就觉得猜不透我
因为你了解得太少
所以你觉得
人有太多是非
事有太多叵测

实际上
过去的每时每刻
你未曾走过的道路上
每天都有人
在义无反顾地狂奔着

如果自己的人生
注定要没有韵脚地活着
想留不能留
想走又不能走
那就要让自己
活出刀劈剑斫的节奏

这一生
总有一些人
让你退无可退
所以要勇敢面对
总有一些事
只有做到丧心病狂
你才不会对自己失望

当梦想照进现实

当梦想
照进现实的那一刻
所有的工作
单调乏味地重复着
透过窗前的微光
我看到
夜晚一点一点地消失了

迁就的态度
不是人生
得过且过的岁月
容易变成
杂乱无章的梦

生活有时候挺残忍
只是一个转身
所有的物是人非
已经跟梦想
不再有任何瓜葛

当梦想
照进现实的那一刻
如孩子断奶般
委屈地哭闹
整夜整夜地睡不着

人生是一个
被不断撕裂的过程
每个人每天都在
自言自语地生活着
然而
当初那些曾对梦想说过
“等着我”的那些人
如今
我再也没有见到过

再犹豫一次

曾经，我自信地以为
能解决所有问题
以为有勇气放下生死
就是解决问题的终极方式

有一天，我突然意识到
如果生死也是一种交易
那谁来监督逼迫的人
一定会履约
除了相信
是否还有不死的理由
让这个人再犹豫一次

人间世
爱恨情仇多少
荣华富贵几许
浓情恰似蜜糖
寡义不知廉耻
我想说

如果，这一切都是假设的历史

应该不是每个人都值得算计吧
也不是每件事都值得铭记
在阳谋里你离我邈邈几万里
在阴谋里又看不到我爱你

我看到书里
写满了人情冷暖
和历史的循环往复
看到了最深沉的情感告白
却唯独没有看到转身后的你

有种爱，一生一世无能为力

循环往复

也许
从来就没有什么坚持
说到底只是付出以后
迫不得已的继续
也从来没有什么放弃
只是彻底失望了以后
不想再用达不成的目标
羁绊自己

低情商的世界里
软弱无力的浪漫
鄙夷强有力的保护
有人
总盯着人走茶凉
有人
却在回味苦茶飘香

交互的世界里
因为彼此客气
所以没有了生气
我却因为有了你
而膨胀了自己

孤独是一种高度
对负重前行的人而言
有尽头的，是路
没有尽头的
是内心深处的循环往复

曾经御风九百里

曾经御风九百里
如今背影枉顾
东南西北
四处寻你

在一个
不成熟就泯灭的年纪里
我不想让你在我的生命里
活得那么卑微
我想看到你
成长后的理直气壮
成熟后的沉稳端庄

热爱
是爱情里最迷人的姿态
想陪着你一起典雅庄重
想告诉你
我说过的话做过的事
不仅是为了让你接受
还要让你懂

幸福
从来不依靠贪婪
拥有
也不是赤裸裸的霸占
如果离别已是常态
那么，请在每一段
温情脉脉的时光里
风吹云动恣意放荡

原来遥不可见的
如今近在咫尺
原来触手可及的
此刻却寻觅无着落
阴差阳错的时空里
多少未知的结果

相思千年
凝霜化雪霰雾云雨
片语伶仃寄重托
在我深爱着你时
你也一定要深爱着我

此去归程

生活的纯粹没有了
也就不用再坚持了
从最艰难的时候走过
开始，就知道的结果

用愤怒渲染情绪
用伤害你的方式
伤害自己
成熟的人，只看是非
幼稚的人，才听解释

很遗憾
没有在你最性感的瞬间
把你一口吞下去
从此以后，再无烦恼
此身所在，天涯海角

不理解的，最后都会理解
放不下的，最后都能放下
所有矛盾的，自有解码
所有相爱的，丢盔弃甲
最后躲不过的
是信仰都在梦里
爱情才活在当下

此去归程，遥遥无期
山障水阻，万里难计
行，再无踪迹
言，亦难有声
一路平安，恕不远送

后记

凡事总有开始和结束，看的完的是书，想不完的是意义。有的人感情体验粗粝糙实，有的人感情体验细腻柔软，文字能表述的却总不及内心深处波涛汹涌的一点一滴。人靠事磨，爱靠情验。忙忙碌碌的生活里除了让人心潮澎湃的事业、名利和金钱，还有让人回归平静的温情款款。如果非要给这本书一个结尾，那么我想说：

此去归程，遥遥无期
山障水阻，万里难计
行，再无踪迹
言，亦难有声
一路平安，恕不远送

生活中的仪式感很重要，这本书算是送给自己的一个仪式吧，之前道阻且行，之后依山傍水。新书出版之际也是我两个女儿的生日来临之时，借这个机会，祝福两个宝贝女儿生日快乐。爸爸把这本书作为生日礼物送给你们，希望未来的日子里你们能够好好学习，健康成长，做一个心地光明不违心于事的人。5岁的简仪和3岁的至简，爸爸想对你们说，自从你们来到这个家，你们给爸爸妈妈、爷爷奶奶和小叔带来了无尽的欢声笑语和对未来的美好期许。

值此新书付梓，表达一下诚挚的谢意。这本书自从有了出版的计划，到印刷成书历经了半年多的时间，编辑李沁老师费了很多心思，因为我自己忙工作的原因，拖稿成了常态，感谢李沁老师的不厌其烦和一遍一遍的沟通；感谢未曾谋面的封面设计邓晓童老师，关于封面的设计，对我的修改要求，进行了多次的修改、解释直到定稿。

顺便也对那些爱我、关心我以及我爱的和关心的那些人说一声，谢谢你们这么长久长情的陪伴，祝福你们都能用自己喜欢的生活方式，度过生命里五彩斑斓的每一天。

对于我来说，写作的过程是一个释放激情和感受回忆的过程。每一篇都是一个故事，每一个故事都有人情，重读一遍文字，我又回到了曾经的每一个场景。举目遥望，低头沉思，留下的是山山水水，倏然而过的是无悔青春。

唐文魏

2019年9月9日 西华家中